風（かぜ）のしっぽ

13のものがたり

かざぐるま 編著

もくじ

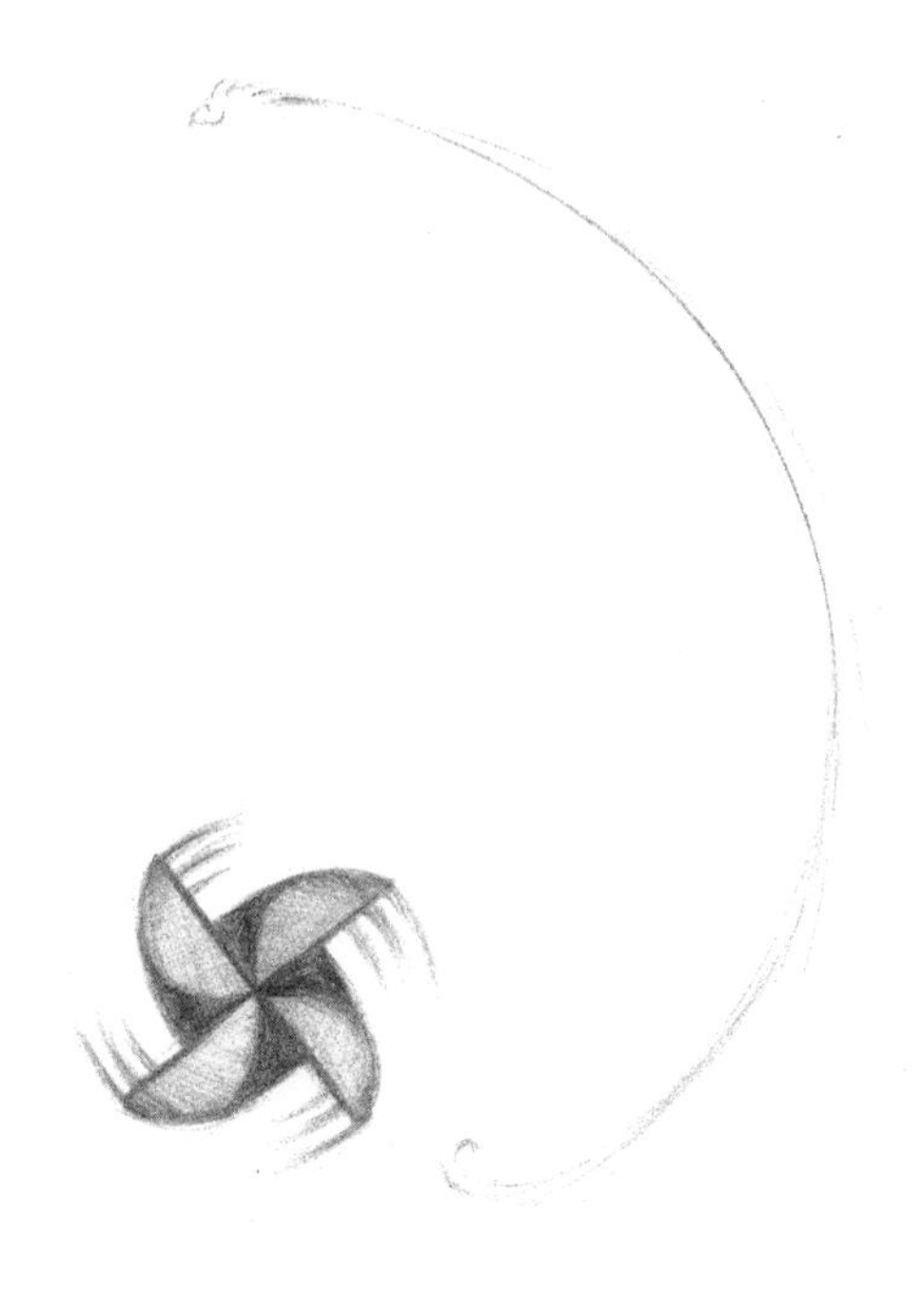

表紙・本扉 絵 豊桑由美子

ねこに道(みち)をきかれたら

かしたづこ 作(さく)
豊桑由美子(とよくわゆみこ) 絵(え)

秋のはじめの夕方です。ここちよい風の中、ヒロくんは、自転車で長いさか道をおりてくるところでした。

「ひやっほー！」

ヒロくんは、ペダルから足をはなし、ピーンとひざをのばし、前につき出します。

シュイィィィィ――。ぐんぐんスピードがあがります。町のけしきが、びゅんびゅん飛んでいきます。そうして、さかの下の四つ角が近づいたときです。

バコ！　バコバコバコバコバコ！

そうぞうしい音をひびかせて、横の道から出てきた車が、四つ角のまん中で、とつぜん、ボコン！　と止まりました。

ゆく手をふさがれたヒロくんは、あわてて急ブレーキ。あぶないあぶない。なんとか、ぶつからずにすみました。

「すみません。だいじょうぶでしたか？」

そう言って車から出てきたのは、ヒロくんよりも大きな、白いねこでした。

「あ、はい。だいじょうぶです」

ヒロくんは、びっくりしたのですが、ねこがていねいに話しかけてきたので、じぶんも思わず、ていねいにこたえていました。

「本当にすみません。急に止まっちゃったりして。道をさがしていたんです。……あのう、ドングリこうえんをごぞんじでしょうか？　この近くだと思うのですが」

ヒロくんは、うなずきました。そこは、ヒロくんの大すきなこうえんです。

「そのまま、まっすぐいけばいいんだよ。大きなかしの木があるから、すぐにわかるよ」

「そうですか。ありがとう、たすかりました。じつは、これから、そこで会議(かいぎ)があるものですから」

白いねこは、もう一回おれいを言うと、車にもどってエンジンをかけました。

ずいぶん古そうな、小さな青い自動車は、バロロッという大きな音をたてました。やがて、のろのろ動きだしたかと思うと、いきなり、ひゅいっと向きをかえて、ヒロくんがおりてきたさか道をのぼりはじめました。

ヒロくんは、おどろいてさけびました。

「ちがうよ！　そのまま、今の道をまっすぐだってば！」

でも、車は、バゴン、バゴン、という音とともに、走りつづけます。車の音が大きすぎて、ねこには、ヒロくんの声がとどかないようです。

ヒロくんは、自転車をまわれ右させると、ねこの車をおいかけました。

「おおい、まってよう」

ねこの車は、とてもおそいのですが、それでも自転車では、なかなかおいつけません。

だんだん、足がつかれてきました。

（どうしよう。もう、おいかけるの、よそうかな。ぼく、急いでるんだよね。ケンちゃんちで、あそびすぎちゃったから。早く帰らないと、ばんごはんの時間になっちゃう……）

ヒロくんは、首をふりました。

（ううん、やっぱりおいかけよう。ねこさんが、だいじな会議にちこくしたら、かわいそうだもの）

ヒロくんは、おしりをうかせて、ぐっ、ぐっと、けんめいにペダルをふみました。

さか道のてっぺんで、車が止まりました。

ドアがあき、白いねこが、のっそりと出てきました。

（よかった。止まったぞ。あ、あれ?）

そのときになってはじめて、ヒロくんは、ふしぎなことに気がつきました。さか道のまわりに、見なれた町なみがないのです。家もコンビニも、電柱（でんちゅう）も、ほかの人たちも……。

そこは、いちめんの野原で、ネコジャラシの穂(ほ)が、風にゆれていました。

ヒロくんも、さかの上につきました。

「ぼっちゃん、ついてきちゃったんですか」

ねこが、こまったような顔をしました。

「ねこさんが、道を、まちがえたから、おしえようと、思って。こうえんは、こっちじゃ、ないよ。さっきの道を、まっすぐだよ」

はあはあと息をきらして、ヒロくんがこたえました。

「そうでしたか、それでわざわざ。どうもありがとうございます。でも……」

ねこは、もうしわけなさそうに、口ごもりながらつづけました。

「道をまちがえたわけではないのです。わたしたちねこは、もくてきの場所まで、まっすぐにいくことなど、ないんですよ」

「え、どういうこと?」

「それが、ねこが道をえらぶときの、正しいやりかただからです。できるだけ、より道をする、わざとまわり道をする、一本道なら、ジグザグにいく。それこそが、ねこの道、生きかたなんです。ですから、ドングリこうえんが、あの道をまっすぐにいったところ、ときいては、まがらないでは、いられません」

ヒロくんは、

（えー、そんなの、へんだよ！）

と、言いそうになりました。でも、大まじめに話しているねこに、しつれいな気がして、だまっていました。

「今、『そんなのへんだよ』って、思ったでしょ」

ねこが、ずばりとききました。ヒロくんはどきっとしましたが、しょうじきに
「うん」

と、うなずきました。

「だってさ、おかあさんはいつも『まっすぐ帰ってきなさいね』って、言うよ。小学校の先生も、『さようなら』のあとに『より道しないでね』って言うし……。そうそう、絵本の中の赤ずきんちゃんだって、さいごに、『ごめんなさい、わたし、もう、みちくさはしないわ』って言うんだよ」

「ねこと人間は、ちがいますからね。まあ、より道がきらいなら、この先、ねこに道をきかれても、あとをおいかけたりしないことをおすすめします」

（ちぇ、なんだよ、その言いかた。せっかくしんせつに、おいかけてきたのに）

ヒロくんは、むっとして、口をとがらせました。

白いねこは、どうやら、ヒロくんの考えていることが、わかるみたいです。あわてて、ぺこりと頭を下げました。

「あ、いや、気をわるくさせたなら、ごめんなさい。……ね、せっかくしんせつに、ここまできてくださったんです。いっしょに夕やけを見ていきませんか。あたりのけしきも、ちょっとかえてみたんです。空を見るのにふさわしいようにね」

「あ、そうだった、こ、このけしき！　ここ、どこなの？　もとにもどしてよ！」

ヒロくんは、急にしんぱいになって、ネコジャラシの野原を見まわしました。

「だいじょうぶ。夕日がしずんだら、まほうもおしまい。もとの町にもどります」

「ほんと？　ぜったい？」

「もちろんですとも」

ねこがまじめな顔をして大きくうなずいたので、ヒロくんは信用することにしました。

ふりかえって西の空を見ると、大きな、赤い夕日がありました。そして、そのずっと上、空の高いところには、ほろほろとした、うろこのような雲が、うすく広がっていました。

「あの雲のこと、人間は、いわし雲って、よぶでしょう。わたしたちは、天のさかな、とよぶのです。ねこのかみさまのごちそうです」

白いねこが、オレンジ色にそまっていく雲をゆびさしました。そのしゅんかん、雲は、いっぴきの巨大なさかなにかわり、パシッと身をひるがえしました。いちめんのネコジャラシが、金色の波になってざわめきました。

雲のさかなは、夕やけの中をゆったりとおよいでいきます。ヒロくんとねこは、ならんで立ち、だまって空を見上げていました。

しばらくして、ヒロくんがききました。

「ねえ、ねこさん。あのさかな、ねこのかみさまのごちそうだって、言ったよね。ねこのかみさまって、どうやって、あのさかなをつかまえるの?」

「え、え、それは、えーと。……うーん、そんなこと、かんがえたこと、なかったです。なるほど、人間って、いろいろなこと、かんがえるんですねえ。たまにはこうして、人間とならんで空を見て、おしゃべりするのも、楽しいものですね」

ねこは、目を細めて空を見たまま、

「ふっ」

と、わらいました。

空の、もっともっと、もっと上からは、この空が、池のように見えるのかもしれません。ねこのかみさまは、その池のふちにこしをおろして、のんびりと、つり糸をたらしているかもしれません。……そんなことを考えているうちに、ヒロくんも、なんだかとても楽しくなってきて、

「ふふっ」

と、わらいました。

風が、ふんわりとヒロくんのおでこをなでました。

(こんど、もし、また、ねこに道をきかれたら、つぎも、ぜったいに、あとをつけちゃおっと。だって、こんなすごいことがおこるんだもん)

ヒロくんは、かたく心にきめました。

ねこが、ヒロくんの顔をのぞきこんで、とくいそうに言いました。

「どうです? より道っていうのも、なかなかすてきなものでしょう」

青い花自転車
風間ひでこ 作
かざまちひろ 絵

山のふもとの町はずれに、古くて小さな自転車屋があります。

開店したとき、まだわかかったおじいさんとおばあさんは、店のわきに、だいすきなガクアジサイのなえ木を植えました。

心をこめてそだてたアジサイは、今では、ひさしにとどくほど大きくなりました。

春のはじめころ、そのアジサイに水やりをすると「ありがと」とかわいい声がしました。でもそれがだれの声なのかわかりません。ふしぎな声は、そのあともずっとつづきました。


店には、いろんなお客さんがやってきます。

「ブレーキがきかなくなったんです」

「パンクしちゃって……。クギでもふんでしまったかなあ」

「自転車のカギ、なくしたの」と、べそをかきながらくる子もいます。そんなときは、おばあさんが「だいじょうぶよ」といって、ジュースを出してあげたりします。

おじいさんは、どんな注文でもいやな顔ひとつせずに心よくひきうけましたから、困って店にやってきた人はみんな、にこにこしながら帰っていきます。

ある日、なじみのお客さんがやってきて、ふたりにおしえてくれました。

「こんど町にできたショッピングセンターに、サイクルコーナーがあるらしいよ」

「ほう、そうですか」

のんびりやのおじいさんとおばあさんは、そんな話などすぐにわすれてしまいました。

リリン　チリリリ　リーン
店の前を、わかい人や家族づれが、自転車で通りすぎていきました。

「サイクリングにもってこいの、いいきせつになりましたねえ」

山の方へ走り去った自転車の列を、ふたりはにこにこしながら見送りました。

まい年春になると、新しい自転車を買う人、ぐあいの悪い所をなおしてもらいにくる人などで、店がいちだんとにぎやかになります。

「さあ、これからいそがしくなるぞ」

おじいさんがはりきっていいました。

ところが、いつになっても、お客さんがやってきません。

「そういえば、ショッピングセンターにサイクルコーナーがあるって、いつか、お客さんがいってましたっけ。うちにお客さんがこないのは、そのせいじゃないかしら」

「そうだなあ。そのサイクルコーナーを見にいってみるか」

ふたりは店をしめ、ショッピングセンターへ自転車を走らせました。

ショッピングセンターは、たくさんの人でにぎわっていました。

サイクルコーナーは広く、自転車がずらりとならんでいます。安くてめずらしい小物も
たくさんあって、買物を楽しんでいるお客さんがいっぱいいました。

「これじゃぁ、うちへお客さんがこなくなるのもむりないなぁ」

ふたりは、ため息をついて店を出ました。

帰り道。すっかりつかれてしまったふたりは、木かげで休んでいくことにしました。

草むらに足をなげ出すと、そよ風がほおをなでていきます。

「ああ、いいきもち。あらっ」

おばあさんが草やぶの中に、一台の自転車がたおれているのを見つけました。タイヤが
パンクし、さびだらけになった子ども用の自転車です。

「あーあ、もったいない。なおせば、まだじゅうぶんに使えるものを」

ふたりは、からみついているつる草をていねいにほどいて、おじいさんの自転車の荷台
にくくりつけました。

店にもどると、おじいさんはすぐに、子ども用の自転車をなおし始めました。

ひさしぶりのしごとです。楽しくて、つい鼻うたがこぼれます。

パンクをなおし、ぼろぼろのサドルとブレーキを新しいのにとりかえました。曲がったハンドルをまっすぐにし、ベルもなるようにしました。さいごに、あちこちのさびを落とし、ていねいにみがきあげました。

こうして、すてられていた子ども用の自転車は、ぴかぴかに生まれかわりました。

やがて、雨がしとしとふりつづく日が多くなりました。

あいかわらず、お客さんはきません。すっかり元気をなくしたおじいさんとおばあさんの楽しみといえば、雨の中でさき始めたガクアジサイをながめることだけでした。

ガクアジサイは、いつもの年よりずっとあざやかな色の花をさかせています。

まん中の白い小さなつぶつぶは花のつぼみ。そのまわりの花びらに見えるガクは、すみきった空の色をしています。

「かざぐるまみたいな花ですねえ」

「風がふいたら、くるくるまわりだしそうだ」

ふたりは、目を細めてながめるのでした。

あるばんのこと。

トントン　トントン
店の戸をたたく音がしました。

「こんな夜ふけにだれだろう?」

おじいさんとおばあさんは顔を見あわせ、そおっと戸をあけてみました。

がいとうが、雨にしっとりぬれたガクアジサイをてらしています。

「へんだなあ。だれもいない」

ふしぎに思いながら戸をしめようとすると、さわやかな風がさっと店にふきこみました。

「こんばんは」

すぐそばで声がしました。聞きおぼえのある、かわいい声です。

おどろいて見ると、おそろいの白いぼうしをかぶり青いふくをきた子どもが七人、にこにこして立っているではありませんか。

あっけにとられているふたりに、子どもたちが口をそろえていいました。

「あたしたち、アジサイなの」

「えっ?　アジサイって……」

おじいさんはぽかんとしています。おばあさんが顔をほころばせました。

「なんてかわいいんでしょ！　水をやるとお礼をいってくれたの、あなたたちだったのね」

ふたりは目を丸くして、アジサイの子どもたちを見つめました。

「あたしたち、そだててもらったお礼がしたくてきたの」

「いっしょに、すてきな自転車、作りましょ」

「古い子ども用の自転車を、こんなふうにぬりかえるのよ」

アジサイの子どもたちは口ぐちにいって、一まいの絵を広げて見せました。

そこには、おもちゃのようにかわいい自転車がかいてありました。

しゃりんは大きなガクアジサイの花もよう。ライトとベルも小さいけれどやっぱりおなじ花で、そのどれも、まん中が白くてまわりは目のさめるような青色です。サドルとペダルは緑の葉っぱのもよう。ハンドルやそのほかは水色で、やさしい雨を思わせせました。

「まあ、すてき」

おばあさんが目をかがやかせました。

「だけど……これとおなじ自転車にぬりかえるなんて、とてもむりだ」

おじいさんは顔をしかめました。

「だいじょうぶ。あたしたちがてつだうわ」

アジサイの子たちは、青と白と緑のペイントを、うつわにたっぷりとそそぎました。

それから、おじいさんがなおした子ども用の自転車に、色をぬり始めました。

「さあ、いっしょにぬりましょ、ねっ」

はけをもたされたおじいさんとおばあさんは、絵を見ながらゆっくりゆっくり手を動かします。にぎやかなおしゃべりを聞いていると、まごたちとあそんでいるようで、心がうきうきしてきます。ふたりは子どもにかえったように、むちゅうで色ぬりをしました。

夜がほんのり明けはじめるころ、絵からぬけ出したような花自転車ができあがりました。

「この自転車を、外から見える所にかざってね」

「これからは、きっといそがしくなるわ」

そういいのこして、アジサイの子どもたちは帰っていきました。

ふたりが外へ出てみると、山のむこうから朝日が顔を出したところでした。そのとき、青く光る自転車が七台、ゆっくりと空へのぼっていくのが見えたのです。

リリン　リリン　サヨウナラ
リリリリ　リーン　マタクルネー
花のしゃりんが朝の光にとけて、ベルの音がしだいに遠ざかっていきました。

アジサイの子たちを見送ったおじいさんとおばあさんは、ショーウィンドーのほこりをはらい、青い花自転車と絵をかざりました。そして、そのとなりにはり紙をしました。

古い自転車を　花自転車にかえませんか

学校帰りの女の子たちが、さっそく、花自転車を見つけました。

「わあ、かわいい！　わたし、こんな自転車にのってみたいな」

「ほんとに古い自転車でも、こんなにきれいにしてもらえるの？」

「もちろんだとも！」

その日から、花自転車のちゅうもんがつぎつぎにまいこむようになりました。

雨上がりに、たくさんの青い花自転車が走りまわり、さわやかな風をまきおこしました。

「ぼくらにも、かっこよくておもしろい自転車を作ってよ」

男の子たちが、ほしい自転車の絵をかいて、店にもってきたりします。

ふたりは今、どんな自転車にしようか、頭をなやませています。

「だいじょうぶ。すてきな自転車、できるわよ」

アジサイの子たちの声が聞こえてくるようです。

夕夏(ゆうか)の恐竜(きょうりゅう)

松本活子(まつもとかつこ) 作(さく)・絵(え)

夕夏のパパは、恐竜博士。

まっ、かんたんにいうと、恐竜の研究をリードする学者ってことかな。

パパは、あんまり家にいたことがない。化石の発掘調査で、世界中に行っているからだ。

「パパがいなくてさびしいでしょう?」

なぁんて、みんなにいわれるけど、夕夏は少しもさびしくない。ニッとわらったパパの写真が、家の中の、ドア、かべ、天井まで、びっしり貼ってあるから、夕夏は毎日パパにあえる。パパはやさしい声で、夕夏の心に話しかけてくる。

(夕夏、大きくなったら、いっしょに化石掘りに行こうな)

(うん。化石掘りに行く!)

わらいながら、ピースサインする。愛犬のフレンチ・ブルドッグのブルタンをそばにすわらせて、夕夏は一日中、パパのへやで大好きな恐竜の本を読む。学校の図書室のような大きな本棚には、恐竜の本と化石専門の本がぎっしりならんでいる。その中には、パパが書いた本も何十冊とある。そのとなりにも大きな本棚があって、恐竜の歯の化石、いろんな骨の化石などが、どっさりおいている。

「大事だからさわらないで」

と、パパはいう。だけど、そんなことは気にしない。化石をハンカチできれいにふいていく。お気に入りの、ティラノサウルスの歯の化石は、ふとんの中に入れてねむる。すると、恐竜の化石を発見した楽しい夢を見る。一番うれしかったのは、たまごの化石発見だ。夢の中で、キャッホウ！　とさけんだ。

「ママも、夕夏と同じ夢見ますように」

夕夏の手をにぎって、ママはお祈りする。けど、朝おきて、

「へんねぇ。化石を掘る夢、ちいっとも見ないのよぅ。夕夏イイなあ。イイなあ」

と、ママはスネル。そして、ドシンドシンと、床をならしながら恐竜のように歩く。

ときどき、

「イイなあ、イイなあ」

と、鳴く。

「わあーっ、スネル恐竜だあ」

夕夏はキャッキャッはしゃぎながら、後ろをおいかける。ブルタンもおいかける。小さい時からずっと続いている、スネル恐竜のおいかけっこ。パパは、なかなか参加できない。

最後にパパにあったのは、小学校の入学式。その時も、パパは発掘調査をしている外国

から、前の夜帰ってくる予定になっていたのに、乗った飛行機が遅れて、入学式に遅刻。急いできたパパは、静かな体育館にいきおいよく入ってきた。その瞬間、みんなの視線がいっせいにパパへ、集中。

みんな、びっくりしていたナ。だって入学式って、みんなきっちりした洋服着て、キレイにしているでしょ？　でもパパは、頭ボサボサ、ひげボウボウ、それに、よれよれのスーツ着て、リュックしょってたから。けど、夕夏はうれしかった。夕夏を見つけて、パパが手を大きくふってくれたから。えへへっ、パパにあえて、すごくうれしかったナ！

帰り道、パパはとろけるような笑顔でいった。

「夕夏、入学祝い、なにがいいかな？」

「こ～んなに、でっかな恐竜のたまご！　夢とおんなじ化石のたまご！」

一年生の夕夏は、両手を大きく広げ、大きな輪を作った。

「えっ、夢とおんなじ恐竜のたまご！　う～ん、それはちょっと無理かな」

「えーっ、なんでムリなの？」

「恐竜のたまごの化石はあっても、もらえないよ」

「だいじょうぶ、だってパパは偉い博士だから、一こくらいもらってきても、だれもおこらないからぁ」

「そ、そういうことじゃないんだ、恐竜のたまごの化石は、とても大事なものなんだよ。パパたちが研究に」

「いやだぁ、ほしい、ほしいようー」

「あのなぁ、恐竜のたまごの化石は」

「だってだって、ほしいんだもん。ほし、い……う、う、うわーん！」

急に、夕夏が泣くから、パパはびっくりしていた。

頭をなでてなぐさめてくれたパパは、一日家にいただけで、すぐ、また外国へ。


そのパパが、とつぜん日本に帰ってくる。パパたちの発掘調査チームが、新種の恐竜の化石を発掘した！　と、パパからママに連絡がきたのだ。大大極秘の化石を、日本で世界中に発表するという。

「パパにあえる！　パパにあえる！　わあーっ、パパにあえるんだあ」

夕夏はうれしくて、うれしくて、ブルタンをぎゅっとだいた。

うれしいことは、まだある。きょうは夕夏の誕生日なのだ！　それに祝日で学校は休み。

ということは、日本全国、お祝いの日なのだ。

「ねえ、すごいでしょ、ブルタン？　えへへ、ぐっふふふっ」

まだまだ、うれしいことはある。パパからの、バースデープレゼントもきょう届く。

なぁーんて最高にハッピーな日なんだろう。

夕夏、し、あ、わ、せ！

ぐっふふふと、わらいがとまらない。

夕夏は、朝からハンコをにぎって待つ。ひたすら待つ。午後三時。

玄関のチャイムがなった。

リビングにねころんでいる犬のブルタンをとびこえ、廊下を小走り、すぐ玄関に到着。

プレゼントは、木箱がひとつ。ランドセルがみっつ入るぐらいの大きさだ。待ちに待ったプレゼントに、夕夏はおどろいた。なんと、木箱には〝生モノ・取り扱い注意〟のシールが貼ってある。

「え、えーっ、生モノ！　どうしよ」

夕夏はあわてて、買い物に行っているママのケータイに電話した。

「ママ、プレゼント、生モノだって！」

「はぁ、生？　え、やだぁ生なの！　あー、じゃあ、ママが帰るまで冷蔵庫に入れといて」

ママはそれだけいうと、ケータイをきった。

「ふえーっ、冷蔵庫に入れるのぉ。なんの生なのかな、イヤだな。おねがい、ぬべって出てこないでよー」

夕夏は生モノに話しかけながら、木箱を持ち上げようとした。が、重くて持ち上がらない。両手で力いっぱい押しても動かない。

夕夏は〝生モノ・取り扱い注意〟を見つめ、腕組みした。

「うあ、どうしよ……こまったな」

そうしているうち、四時。そして、五時になった。

ウワン、ウワン、ウワン！

犬のブルタンが、待ちきれないよと、ないた。

「決めた、生モノ、木箱からだそう！」

夕夏はどきどきしながら、木箱をたたき割ろうと、とんかちをにぎった。

その時、ゴロゴロと雷が鳴った。激しい雨もふってきた。怖がりのブルタンが吠える。

そとを見ると、光る稲妻、滝のような雨、おまけに夜みたいに真っ暗だ。ブルタンじゃなくても怖い。夕夏はブルタンをだいて、電気をつけた。

とつぜん、バキッ、バリバリリッ！　と、夕夏のそばに雷が落ちたんじゃないかと思うほどの、ものすごい音がして電気が消えた。へやは暗闇になった。夕夏はこわくてこわくて、ブルタンをだいたまま床にしゃがんだ。稲妻が光り、へやの中を照らした。その先を、怪しげな影がよこぎった。

……ふわあ、なんかが、いる！

夕夏はふるえた。怖くて、ふるえがとまらない。

……ダメ！　怖くても、なにがいるか確かめなきゃ！

勇気をだして、目を大きく見開いた。次つぎ稲妻が光り、かべに大きな大きな黒い影が映った。背すじが、ぞくぞくっとした。

……あ、あ、どうしよ、おそろしいのが、いる！

映った大きな黒い影が、ゆうっくり、動いた。

夕夏は、つばをゴクリのんだ。また、暗闇に戻った。ごそ、ずず、ずりずり、不気味な音が聞こえてきた。夕夏は耳をすました。

……うっ、そばに、いる!!

夕夏はブルタンをぎゅっとだきしめた。ピカッと稲妻が光った。

光る稲妻に、黒い影がくっきり見えた。大きな黒い影が！

「きょ、きょ、恐竜だ！　ぎゃあー！」

夕夏の悲鳴は、滝のような雨に、完全に消された。吠えるブルタンをだいて、家中にげる。だが、その恐竜が、後をおいかけてくる。ふりかえると、恐竜の目が緑色に光っていた。夕夏と目が合うと、大きな口をぐわっとあけた。

「ぎゃああ、食べられるー!!　助けてー、たすけてー!!」

夕夏は、泣きながらにげまわる。

「ギャシャシャ、タベラレルー、タスケテ、タスケテー」

恐竜が吠えながら、おいかけてくる。

「ぐびゃあ、助けてー、たすけてー」

「ギャシャシャ、タスケテ、タスケテー」

そとは、雷、稲妻、大雨。家の中は、悲鳴と、吠え声。

「夕夏、大丈夫なの！　ゆうか！」

急いで帰ってきたママが、家に入ったと同時に、電気がついた。

明るくなったへやに、涙でぐじゃぐじゃ顔の夕夏と、おびえているブルタン。そのそばで「ギャシャシャ、タスケテ」と吠える、夕夏よりも少し大きな恐竜がいた。

「ぎゃあああああ！」

ママの張り裂けそうな叫びに、

「ギャシャシャ、ギャアアアアア！」

恐竜も吠えた。ママはぬれた傘をふりまわし、夕夏の手をつかんだ。

「夕夏、そとに、にげるわよ！」

ママが玄関を開けると、パパが立っていた。パパはおどろいて夕夏たちを見た。

「パパーっ、恐竜が、恐竜が」

「恐竜？　恐竜、おおー、恐竜がいるのか、どこだどこだ」

パパはうれしそうに、恐竜を探しに、廊下を走っていった。恐竜博士のパパがいれば、もう恐竜なんてこわくない。夕夏は涙をふいた。玄関にへなへなすわりこんだママを残し、恐竜探しだ。リビング、キッチン、トイレ、お風呂場にもいない。

「ははーん、二階だな」

パパは夕夏に、いくよ、と合図した。夕夏はどきんとした。パパは恐竜をつかまえたら、恐竜をどうするんだろ？　足に鎖をつないで、研究所につれていくよね。そして、いろんな注射したり、苦い薬をたくさんのませるのかな？　きっとイヤだって鳴くよね。夕夏は急に恐竜がかわいそうになってきた。その時、

「恐竜発見！」

パパの大声に、心臓がどっきんとなった。夕夏は階段を急いで上がった。恐竜はいつのまにかブルタンといっしょに、ボールで遊んでいた。夕夏とパパに気がつくと、恐竜はしっぽをばたんばたんふった。

「夕夏、恐竜発見すごいだろ？」

「えーっ、パパは恐竜も発見したの！」

夕夏をやさしく見るパパの眉毛が、ぴくぴく動いた。

「おっほん。発見の恐竜は、夕夏へのバースデープレゼントにしよう。特別だぞ」

「ひゃあーっ、恐竜のプレゼント！　生きてる恐竜のプレゼント!!」

「あ、あっ、いやあ、違うんだ。恐竜にそっくりなロボットなんだ。夕夏も知ってる、パパの友だちのロボット博士が発明したんだよ」

「ロボット？　うそだあーっ、ロボットなんてうそだあ。だって、生モノシールが箱に

あったんだからっ」

「生モノシール？　ははあ、なるほど、それは博士のジョークだよ。生きている恐竜が箱から出てきたら、夕夏が喜ぶかなって、思ったんじゃないかな。だって、世界でたったひとつだけの、夕夏の恐竜ロボットだからね」

「えっ、夕夏の恐竜ロボット？　夕夏だけの恐竜？」

パパは「うんうん」って、うなずく。

「夕夏の恐竜だって、すご〜い！　ぐっふふふ」

夕夏はうれしくて、ずっとわらいがとまらない。

ホンモノみたいな夕夏の恐竜は、頭がイイらしい。言葉をおぼえて、話もできるっていうから、すごい。算数おしえたら、おぼえるかな。スイミングスクールで一緒に泳げるかな。化石掘りにもいきたいな。やりたいこと考えると、わくわく楽しくなってくる。

夕夏の恐竜。そうだ、最高のお友だちの名前、最初に考えなくちゃ。

「ねえ、ねえーっ、こっちにおいで。カッコいい名前、なにがイイ？」

「ギャシャシャ、カッコイイナマエ、イイ」

恐竜は大きな口をぐわっとあけて、とんがったするどい歯を夕夏に見せた。それから、緑色の目でじっと見つめてくる。

「あ、もしかして、カッコいい顔にしてるの？　あはっ、そうでしょ？　カッコいいよ」

恐竜は、はずかしそうにとんがったするどい歯をガチガチ鳴らした。歯は、ティラノサウルスの歯の化石に、そっくりだ。夕夏は恐竜の前足をにぎり、はずんだ声でいった。

「名前『ティララ』って決めたッ。『ティララ』どお？　カッコいいでしょ」

「ギャシャシャ、ティララ、カッコイイ、ティララ、カッコイイ」

ティララはうれしそうに、ドシンドシンと床をならしながら歩いていく。

「うわあ、ティララ恐竜だあ。カッコイイ～」

夕夏も床をならしながら後ろを歩く。ブルタンも、ついてくる。パパは、ひさしぶりで感激だなって、張りきって歩く。ようすをこっそりのぞいていたママも、しゃなりしゃなり歩いてくる。夕夏はティララのしっぽを、ちょんとつついた。

……ティララ、ずうっと、いっしょだよ。

ふりむいたティララが、緑色の目を細めてわらった。

夕夏もわらいながら、ピースサインした。

夕夏、し、あ、わ、せ！

つばめの子(こ)

古田節子(ふるたせつこ) 作(さく)
豊桑由美子(とよくわゆみこ) 絵(え)

夏のはじめ、まいちゃんのおうちに赤ちゃんが生まれました。まいちゃんと、七つ年のはなれた赤ちゃんです。赤ちゃんはいつも、ベビーベッドでねむっています。

まいちゃんはベッドの手すりにひじをついたまま、この小さな赤ちゃんのそばからはなれられません。ねむっていても、ときどきプチュプチュ口を動かすんです。あれっ、いま、ふわっとわらいましたよ。思わずまいちゃんは、チョンとほっぺをつついちゃいました。

それでも赤ちゃんは、ねむっています。すこしすると、こんどは両手を上げ、真っ赤な顔になって、ぐぃーんとのびをしたんです。でもそのあとは、やっぱりねむっています。

まいちゃんは赤ちゃんのちっちゃな手を、じぶんの手にのせてみました。指をしっかりにぎっています。まいちゃんは花のつぼみを開くように、その指をひとつずつ開いていきました。みんな開いて、パァ。まいちゃんはグゥに。

「ひろちゃんのかちー」

赤ちゃんはね、ひろきっていうんです。

「なにしてるの」

おかあさんの声です。すこしはなれたところで、おかあさんはミシンをかけていました。

まいちゃんは「なーんでもなーい」と、赤ちゃんの手をそっとグゥにもどして、そこをはなれました。

おかあさんは、小さな花と小鳥のもようがついた黄色いきれで、なにかつくっています。

赤ちゃんが目をさまさないように、しずかに針が上下して、きれが動いていきます。

ツン、ツクツク、ツン、ツクツク
「なにができるの？」

まいちゃんはききました。でもおかあさんは「さあ……」っていっただけ。

（たぶん、ひろちゃんの……）

まいちゃんは、なんだかつまりません。

おかあさんは、ミシンをかけつづけます。ひもが二つついたとき、まいちゃんはわかったんです。

「手さげバッグだ！　わたしの？」

まいちゃんの大きな声に、赤ちゃんが泣きだしました。

「そう、かんせーい。まいちゃんのよ」

おかあさんは「はい」ってまいちゃんのうでに下げてくれました。大きなハートのかたちのポケットがあります。手を入れると、なかなかいいぐあい。中でグゥ、チョキ、パアだってできます。

「ああ、そうだわ、それを持って、おつかいにいってきてちょうだい」

おかあさんは赤ちゃんをだき上げると、さいふを持ってきました。

「えっ、あたしひとりで？……」

まいちゃんはドキッ。なぜって、かいものはいつだって、おかあさんといっしょに行ってたのですから。

「赤ちゃんに、おっぱいをあげる時間なの。それに、まだ、ミシンのお仕事も、のこってるから」

おかあさんは、むずかる赤ちゃんを左右にゆらしながら、つづけます。

「やおやさんでトマト三こ、きゅうり五本。たのむわ」

まいちゃんが、手さげバッグを見つめたまま立ちんぼしていると、おかあさんは、

「だいじょうぶよ。あなたはもう、おねえちゃんなんだから。ねー、ひろくん」

と、赤ちゃんのほっぺにほおずりしています。まいちゃんは思いました。

（こんなふうに、泣いてはおかあさんにおっぱいをおねだりする、ひろき……。ぷよぷよの赤ちゃんだものね。そう、わかった。わたし、ちゃんとおねえちゃんになるね）

まいちゃんは、心にいいきかせました。

「行ってきまーす」

まいちゃんは、あたらしい手さげバッグを持って、おうちをあとにしました。

スズラン通りの交差点にきました。まいちゃんは、信号が青になると、手をあげてわたります。わたり終えれば、もう、商店がい。やおやさんやパンやさんやくすりやさんがならんでいます。

あれっ！　やおやさんの前で、人だかりができています。近づいてみると、ダンボールのはこがあって、中にちっちゃな黒いもの。

まいちゃんは、やおやのおじさんをみつけて、聞いてみました。

「おじさん、あれなーに？」

「つばめの子だよ」

おじさんはそういって、店先の日よけテントを指さします。

「あそこに巣(す)があるだろ。まいちゃんも知ってたよね。あの巣から落ちたんだよ」

まいちゃんは思いだしました。このまえ、おかあさんときたとき、つばめがテントを出たり入ったりしていたのです。

「そうそう、まいちゃんのとこに赤ちゃんが生まれたよね」

おじさんにいわれて、まいちゃんが、「うん。ひろちゃんていうの」と教えました。

「ちょうどいっしょくらいじゃないの。つばめも、たまごがかえったんだよ」

そういったのは、やおやのおばさん。おばさんもちゃんと知っていました。

「そのつばめの子が、巣から落ちたんだよ」

よく見れば、それは、すずめよりもずっとずっとちっちゃいのです。あんな高いところから落ちたら、どうなっちゃうでしょう。つばめの赤ちゃん……。はこのすみっこで、うずくまったままです。

チィッチィッチィ　チィッチィッチィ
どこかで、鳴き声がします。やおやのおばさんがみつけて、空を指さしました。

「あそこ」

います、います。交差点の上、はりめぐらされた電線の上に、円をえがいて飛んでいるつばめ……。

どこかのおじいさんが、ひたいに手をかざしていいました。

「親だな。落ちた子どもをさがしてるにちがいねぇ」

ピポピポピポと、信号がかわって、車が動きだしました。

「こんな、にぎやかなとこに、巣、つくんなくてもいいのにねぇ」

やおやのおばさんが、つぶやきます。

「つばめさんは、きっと、ここがすきなんだよ」

まいちゃんがいうとおばさんは「そーかねー」っていいます。

まいちゃんは、はこのすみっこのつばめの赤ちゃんが、ふるえてるみたいに思えて、心配です。

そのとき、やおやのおばさんが「ちょっと、あんた」と、おじさんのうでをつかんで、いせいよくいいました。

「このはこごと、あの巣のそばに持ってってやったらどうだい。そうすりゃあ、親つばめも、気がつくだろ?」

すると見てる人たちが、いちどにいいます。

「そうだ、そうだ」

「そりゃぁ、いい考えだ」

まいちゃんも「うん、うん」って、こっくりしました。

「よし、はしごだ、はしごだ」

やおやのおじさんが、うらから、はしごをかついできました。そしてはしごを巣のそばのかべに立てかけると、おばさんが、つばめの子のはいったはこを、おじさんにわたそうとしました。はこがちょっとかたむきました。

「あっ！」

すると、つばめの子がつっと立ち上がって、はこのへりにひょいと、とびのったのです。

まいちゃんもみんなも、おどろいていると、こんどは地面にひょいと、とびおりて、ひょこひょこ歩きだしました。

「あー、まって、まって」

まいちゃんは、すぐに追いかけました。つばめの子の、はやいことはやいこと。あっというまに、道のはしに止めてあった、やおやさんの車の下に入ってしまいました。まいちゃんは、車の下をのぞいてみました。でもいません。

「歩けるんだから、だいじょうぶだ」

「そうだね。だいじょうぶってことだ」

見物していた人たちはそんなことをいいながら、一人、二人と、ひきあげていきます。

やおやのおじさんも、はしごをかたづけて、お店にもどっていきました。でも、まいちゃんは、さがしています。だって、赤ちゃんつばめです。道路のほうにいったら車にひかれちゃうと思うのです。

「あれ、まいちゃん、まださがしてるんかい」

やおやのおじさんがいいながら、店から出てきました。そして車の荷台につんであった荷をおろそうとした、そのときです。まいちゃんがみつけました。

「いたっ、いたよっ！」

おじさんの足もとのタイヤのかげに、いたんです。そばに緑色のフンもしています。

「まさかねぇ。こんなとこにいるとはねー」

おばさんがすっとんできました。

おじさんはその場にしゃがむと、こしの手ぬぐいをふわりとつばめの上にかけました。

チュピチュピチュピ、チュルルルー
また、頭の上で鳴き声です。

「親つばめだ」

おじさんは、空からよく見えるように道の真ん中につばめの子を持っていき、手ぬぐいをとりました。

そのとたん、電線にとまっていたつばめの、はげしい鳴き声。

チュピチュピチュピ、ジィーッ

チュピチュピチュピ、ジィーッ

すると、その鳴き声にこたえるみたいに、つばめの子が立ち上がって羽を広げたのです。

そしてパタ、パタと、動かしはじめました。

チュルルルル　チュピチュピチュピ

パタッ　パタッ　パタパタ　パタパタ

羽の動きがどんどん力強く、はやくなり、次のしゅんかん、さっと、宙にまい上がりました。車のやねの上に、次にテントの巣のそばへ。それから、交差点の上の電線まで。そしていっきに空へ羽ばたいていったのです。

「飛んだ、飛んだ、つばめちゃんが飛んだ」

まいちゃんは、思わずとびはねました。

ぴょん、ぴょーん、ぴょーーん。

はねているうちに、まいちゃんの足が地面からはなれていきます。すーっと体がまい上がっていきます。両手をつばさみたいに広げると、夏のはじめのたくさんの緑の葉っぱをゆらす風が、まいちゃんをおし上げていきます。

もうちょっとで、手がとどきそうなくらい近づいてきた、しっぽの短い子つばめに、まいちゃんはよびかけました。

「よかったねー。つばめの赤ちゃーん」

スイーッ

子つばめが、まいちゃんの鼻さきをかすめていきます。もう、赤ちゃんじゃないよー、そういってるみたいです。そうだね。まいちゃんはいいなおしました。

「赤ちゃんじゃない、つばめちゃーん、よかったねー」

すると、子つばめは、親つばめと追いかけっこをしてるみたいに、まいちゃんのまわりをせんかいしていきます。せんかいは、しだいに高く大きくなっていきます。

「そうか、きょうが巣立ちだったんだ。落ちたんじゃあなかったんだ」

やおやのおじさんとおばさんの声が聞こえてきました。

まいちゃんは、はっとしました。

（はやくおうちに帰って、おかあさんに話したーい）

そう思ったとたん、まいちゃんは地面に立っていました。

「まいちゃーん」とよぶ声にふりむくと、

「手さげバッグ持って、かいものが、あるんじゃない？」と、おばさん。

「あっ、そうだ」

まいちゃんは、トマト三こときゅうり五本をかいました。

「まいどありー。ちょっと、重たいよ」

「だいじょうぶ。わたし、おねえちゃんだもん。じゃあ、バイバイ」

まいちゃんは、重くなった手さげバッグを持って、交差点の信号が青になるのをまちました。

両足そろえて、グウ。たてにふみ出してチョキ。足じゃんけんしていると、まいちゃんは、なんだか楽しくなってきました。

（ひろちゃん、はやく大きくならないかなぁ。大きくなったら、いっしょに遊びたーい）

あっ、青になりました。まいちゃんはかけ出しました。

なんのたまご？

池田(いけだ)としえ 作(さく)
かざまちひろ 絵(え)

子グマのククは、穴（あな）から、そうっと顔をだしました。ピューと冷たい風がふき、ククは首をすくめました。

「まだまだ、お外は冬よ。もう少しまちましょう」

母さんグマが言いました。

「つまんないな」

かれ草のじゅうたんをしきつめた穴の中は、ほかほかとあたたか。

ククは母さんグマと、寒い冬の間あたたかなクマ穴で冬ごもり。

でも、ククは元気なクマの子。せまい穴の中は、もうあきあきです。

「はやくお外にいきたいな……」

母さんグマは、やさしく言いました。

「もう、少し、もう少しよ。さあ、春のお話をしてあげるわ」

「うん」

ククは母さんグマのおなかの下にもぐりこみました。

「春になったらね、草の坂をすべってあそぶの。野いちごをおなかいっぱい食べましょうね。木登りもおしえてあげるわ」

ククはワクワク、ワクワク、おめめをかがやかせます。

「はやく、春にならないかなあ」

「ククはおりこうね。春になったら、ごほうびをあげるわ。なにがいいかなあ」

「ぼく、弟か妹がほしい」

ククは大きな声でいいました。

「ええ、いもうと？　おとうと？……」

母さんグマは、ものすごく困ってしまいました。

「うん！　いっしょにあそぶの」

「それはねえ……むりねえ」

ククはがっかり、ポロンとなみだがこぼれます。

「ひとりじゃ、つまんなーいもん」

母さんグマのやわらかい毛に顔をうずめました。トクトクトク母さんのしんぞうの音がきこえます。ククのおめめはトローン。

母さんグマは、そうっとおき上がって外を見ました。

「そうねえ。弟か妹がいると、ククもたのしいわねえ」

穴の外を見ました。

お空は、冬のきれいな青空。でも、冷たーい風がぴゅーぴゅーふいてます。

ところが、あれれ…、急にくもってきました。

「あらっ、どうしたのかしら？」

見あげると、お空から白くて、まあるい物がおちてきます。

「あらっ、卵だわ。たいへん、地面にぶつかったら、われちゃうわ」

母さんグマは、あわてて、寒い外にとび出すと、卵をうけとめました。

「あぶなかったわ。それにしても大きな卵ね。ククの頭ほどもあるわ」

「ホッ」

空の上で声がしました。

「だれかしら。きっと、落とした鳥さんね」

でも、空をみあげてもだれもいません。

「へんね」

首をかしげながら穴にもどりました。

目をさましたククはびっくり。

「うわー大きな卵、どうしたの」

「お空からおちてきたのよ。でも、だれの卵かわからないの。こまったわ」

とつぜん、ポツリと雨のしずくが落ちてきました。

「あら、あら、雨だわ」

母さんグマは、かれ草のじゅうたんの上に、卵をそうっとおきました。

「このままでは、卵がこおってしまうわ」

「それはたいへんだ。ねえ、ねえ、いっしょに温(あたた)めてあげようよ」

「まあー、それがいいわね」

雨がきゅうにあがり、またお日さまが、キラキラと顔をだしました。

「今日のお日さま、へんなの。泣いたり、笑ったりしているみたいだな」


母さんグマは、おなかのフワフワの毛で大切に卵を包んでいます。

ククも横にピッタリとくっついて、卵を温めています。

「お母ちゃん、卵ってかわいいね。弟か妹が生まれるみたいだね」

「だいじに、温めましょうね」

ククはうれしくてたまりません。

「早く生まれておいでよ」

「なにが生まれるのかな?」

「きっと、とってもかわいい赤ちゃんよ」

「なんの赤ちゃんかな。生まれたら、遊んであげるんだ。はやく春が来るといいな」

春になるまで、もう少し。まだまだ寒い。

あたたかい穴の中で、子グマのククは、母さんグマと卵を温めます。

ワクワクしながら温めます。


春はもうすぐです。

カサカサ、コトコト、卵のなかで赤ちゃんが、うごいています。

「お母ちゃん、ほら、ほら、うごいているよ」

ククは顔をかがやかせました。

「いよいよ、赤ちゃんが生まれるのよ」

「なんの赤ちゃんかな」

ククはドキドキしながら、まばたきもせずに見ています。

コトコト……、コトコト。

音がだんだん大きくなっていきます。

ククのむねのドキドキも大きくなります。

コトコト……コトコト……。

ドキドキ……ドキドキ……。

コトコト、コトコト、コトコト
パリーン。ワアー、われました。

あか、あお、きいろ、みどり……たくさんの色がパアーッとひろがりました。

たくさんの小さな小さな春の妖精(ようせい)たちです。

卵からつぎつぎに、とび出してきました。

「わーい」

妖精たちは、声をあげながら、つぎつぎと外へとんでいきました。

「母さーん、ぼく卵からかえったよ」

「わたしもよ」

お日さまにむかって、かわいい声をはりあげました。

お日さまがうれしそうに笑っています。

「わあー、お日さまの卵だったのか」

ククは春の妖精たちを追いかけて外へ飛び出しました。

「お日さまったら、冬の終わりに、大切な卵を落とされたのですね」

母さんグマがお空に向かって笑いました。

お日さまが、はずかしそうに、雲に顔を半分かくしました。

「ぼく、木の芽をおこしに行ってくるよ」

みどりの妖精がいいました。

「わたしたち、お花を咲かせてきまーす」

あか、きいろ、ピンクの妖精たちが言いました。

「春が来たよって、どうぶつに、しらせてくるよ」

あおい妖精が言いました。

色とりどりの春の妖精たちは、空いっぱいにとんで行きました。

春がきました。

チワワのジーニアス

鵜沢滋子(うざわしげこ) 作(さく)
豊桑由美子(とよくわゆみこ) 絵(え)

父さんが犬の本ばかり買ってくるようになったのは、十二月に入った頃だった。犬についての雑誌や本を、時には二、三冊かかえてくることもあった。

父さんは何かやろうとするときには、まず、たくさんの入門書を読むことから始める。だから本棚には、将棋や車の運転の本、パソコンやデジカメの本などがいっぱいだ。

その父さんがなぜ犬の本を？　ぼくは聞いてみた。

「父さん、犬飼うの？」

「いや、まあ……」

父さんはなんだかあいまいな返事をした。

ぼくは犬がきらいだ。幼稚園のとき、公園で友だちとボール投げをしていて、犬に追いかけられて転んだことがある。そのとき、たおれたぼくの上にのしかかってきた、犬の顔とキバのこわかったこと。今でも夢に見るほどだ。

そんなぼくの犬ぎらいは父さんだってよく知っているはずだ。

「じつはねえ、会社の友だちの家でチワワの子が三匹生まれてね、一匹飼ってくれないかといわれているんだ。でもヒサシがきらいだからねえ……」

話はそれで終った。

それから二、三日して、父さんは友だちからそのチワワの写真を借りてきた。小さなマットにすわっている親犬の横に、ネズミぐらいの子犬が三匹、ダンゴになってかたまっていた。写真をのぞいた母さんが、

「わー、小さい犬！」

というのを聞いて、ぼくは口をとがらせた。

「犬なんか、はじめは小さくたってすぐに大きくなってしまうじゃないか」

すると父さんは写真を指さしていった。

「チワワは世界一小さい犬といわれているから、ほら、親でも、こんなに小さいだろう。二キロちょっとでネコよりもずっと小さいんだよ」

そのとき、母さんがぼくの顔をのぞきこんでいった。

「どう？　ヒサシ、飼ってみない？　こんな赤ちゃんのうちから育てれば、きっと、ヒサシのいい遊び相手になるわよ」

写真をみているうちに、だんだんぼくのつっぱっていた心がゆれてきた。

「ぼく……飼ってみようかな」

年があけた一月の末、ついにぼくの家に子犬がやってきた。父さんがキャリーケースの中から、両手ですくい出すようにして取り出したのは、うす茶色の生きものだ。

「うわーっ、ちっちゃーい！」

「これ、ほんとに犬なの？」

ぼくと母さんは同時に叫んだ。それは目ばかり大きな、手足のひょろ長い、ミニチュアのシカのような子犬だ。大声を出したせいか、子犬は不安そうな目でぼくたちを見て、ブルブルとふるえていた。

「これはチワワでも毛の短い種類だから寒がりなんだ」

父さんが子犬を暖房マットを敷いた犬用のベッドにそっとおくと、ヨタヨタしながらしばらくクンクンかぎまわっていたが、つかれたのか横になって、すぐスースーと寝息をたて始めた。

ぼくはすっかり興奮（こうふん）していた。ビロードのような手ざわりの背中をなでながら、こんなかわいい犬なら、友だちになれるかもしれないと思った。

母さんが、

「さっそく名前をつけてやらなくちゃ」

というと、父さんはすこし遠慮がちにいった。

「名前は、もうきめてあるんだ」

「え？　なんていうの？」

「ちょっと呼びにくいんだけど、ジーニアスっていうんだ」

「ジーニアス？　へんな名前」

ぼくがいうと、母さんはニヤニヤしていった。

「それ、お父さんたちが今、作っている本の名前でしょ？」

出版社に勤めている父さんは、来年の春に出版するという英語の入門書シリーズを作っているのだ。

「父さん、ジーニアスってどういう意味？」

「まあ、天才というような意味かな」

「天才？　すごい名前だなあ」

ぼくは子犬の頭をなでながらいった。

「おい、お前は今日からジーニアスだ。天才犬なんだぞ！」

この日、母さんが料理用のはかりにのせたジーニアスの体重は、六〇〇グラムだった。

ふるえてばかりいたジーニアスも、子犬用のやわらかいえさから、ゆでたトリのササミをすりつぶしたえさも食べるようになると、一日ごとに動きもすばやくなった。

三月に入ったある日、父さんとぼくは、はじめてジーニアスを散歩につれ出した。散歩とはいっても、まだ風は冷たかったので、

「今日は外のようすを見学するだけ」

と、父さんは黒い皮ジャンのふところにジーニアスを入れた。そんなようすを母さんはカメラにおさめていた。

ジッパーのえりもとから顔を出したジーニアスは、はじめての外出に黒い大きな目であたりを見まわしていたが、散歩している犬に出合うと、身をのり出してうなり声をあげた。

父さんのふところに入って何回か散歩をしているうちに、ジーニアスは父さんのふところがすっかり気に入ったようだった。父さんの方も、机に向かっているときなど、カーディガンやチョッキの中にジーニアスを入れる。するとジーニアスも父さんといっしょになって長いこと本や原稿をのぞきこんでいるのだ。

ある時、ぼくは、ジーニアスをパソコンの前にすわらせて、

「ジーニアス、これがパソコンだよ」

といって電源ボタンをおした。画面にいろいろな文字や絵があらわれてくると、ジーニアスは食いいるようなまなざしで見つめていた。

「これはマウスだよ」

と、ぼくはジーニアスの手をもってマウスにあて、スタートボタンの上にポインタを動かしてピコッとクリックした。

こんなことを何回もくり返しているうちに、ジーニアスはパソコンに興味をもつようになったみたいで、パソコン机の上にいることが多くなった。


ジーニアスがきて一年半がたった。体重も二キロになり、うすかった毛の色も輝くような茶色になった。

父さんの本の仕事も一段落したので、ぼくがやっていた朝晩のジーニアスの散歩も、朝は、出勤(しゅっきん)の遅(おそ)い父さんがするようになった。

ある日、父さんが、

「ジーニアスは、角(かど)の青木さんのケンタ君とはずい分気が合うようだね」

といった。

ケンタは、最近アメリカ勤務から帰ってきた、青木さんちのゴールデンレトリバーだ。散歩の犬が青木さんの家の前の道を通っただけで、太い大きな声でウワーウ、ワオ、ワオとよくほえていた。

「あちらで買った犬のせいか、日本につれてきたら、どうもよその犬になじめなくて困ってしまうわ」

と青木さんのおばさんはよくこぼしていた。

そのケンタは、どういうわけかジーニアスには、ほえたことがない。ぼくがつれて行く夕方の散歩のとき、ジーニアスはすぐにグイグイとリードを引っぱってケンタのそばに寄っていく。

毛の色は同じでも、ケンタは三〇キロもある大きな犬なのでぼくはこわい。でもジーニアスは、ケンタが門の下に寄ってきて鼻先を外に出すと、そばに行って鼻をくっつけ、しっぽをふる。二匹はクークー、ゴロゴロと、まるで仲よく話でもしているようだ。

「ケンタはジーニアスのこと、自分の子どもみたいに思っているのかなあ」

というと、母さんが、

「ジーニアスはいつもお父さんのお仕事をのぞいているでしょう。だからアメリカ生まれのケンタと英語でお話ができるのかもね」

といった。でも、二匹はどんな話をしているのだろう?

＊　＊　＊

ある日、母さんは、

「犬がいると、どうしても毛がぬけるから」

といって、最近出まわっている掃除ロボットを買ってきた。これは円盤型の全自動の掃除機で、充電しておくと、スイッチをおすだけで充電器からはずれて、部屋の中を自由に滑りながら掃除をしてくれるすぐれものだ。

ジーニアスは、最初は追いかけてくるような掃除ロボの動きに身がまえたが、すぐになれてしまった。

母さんは朝起きるとすぐ、リビングのすみにあるロボのスイッチを入れてから朝食の準備をしていた。ところがその母さんが風邪をひいて寝ていた、日曜の朝のことだった。

ぼくと父さんが、朝ごはんのしたくをしようと二階からおりてくると、もうロボが掃除を始めていた。

「あれっ、スイッチ、だれが入れたんだろう?」

すると、父さんが小さい声でいった。

「ジーニアスかもしれないぞ」

その時、ジーニアスはソファーの上から、ロボの動きを監視(かんし)するように見ていた。


最近、父さんはパソコンに向かうことが多くなった。英語の資料や写真をとりこんだり、メールをやりとりする仕事も始まった。ジーニアスはあいかわらず机の上にのっていたが、真けんな顔をして父さんといっしょに画面の字を追っているように見えた。

＊　＊　＊

ある夜のことだった。夜中にのどがかわいて目がさめたぼくは、階段をおりて台所に入った。つきあたりのリビングのドアから少し明かりがもれていた。時計は三時。

「父さん、こんな時間までパソコン?」

ドアのガラスごしにのぞきこむと、何かうつっているパソコンの明るい画面の前にジーニアスのうしろ姿が見えた。

「なーんだ、ジーニアスまだ起きてたのか?」

とドアをあけると同時に、パソコンの画面がだんだん暗くなり、やがてリビングはまっ暗になった。

部屋のスイッチを入れると、パソコン机のわきの犬のベッドの中で、ジーニアスがチラッとぼくを見て、すぐに毛布の中に顔をうずめて寝てしまった。


ジーニアスの三歳の誕生日も近い日曜日のことだった。ぼくはリビングのソファーで、横に寝ているジーニアスをなでながらマンガを読んでいた。

その時パソコンをやっていた父さんが突然、

「なんだ、これは！」

と大声をだした。ぼくは立ちあがってパソコンのところに行った。

「どうしたの？」

「ジーニアスあてにメールがきている！」

「ジーニアスに？　だれから？」

「アメリカ大統領のうちの犬かららしい」

「うっそー！」

でも父さんはプリンターから出てきた横文字の文を読んでいる。

「ねえ、何て書いてあるの？」

父さんはパソコンに、日本語に訳した文を打ち込んで見せてくれた。

ジーニアス君へ
ぼく、アメリカ大統領の家に住んでいるビーグル犬のロンです。

君がホワイトハウスのぼくあてに送ったメールを見たんだ。ボスのジャンパーから顔を出した君の写真を見て、ぼく思わず「かわいいっ！」って叫んだよ。君ってほんとうに小さいんだねえ。

でも君は、いい名前をつけてもらってうらやましいよ。ぼくは、昔の大統領の名前なんだけどね、でもどうせなら、リンカーンとかケネディだったらよかったのにさ。

じつはぼく、今、とってもたいくつしてるんだ。大統領一家は中間選挙の応援で、あちこちとびまわっているから、ぼくはお留守番。そんなとき君のメールを見たから、とてもうれしかった。

君が英語で書いてくれて、ほんとによかったよ。でも君、日本にいる犬なのに英語ができるなんて、やはり名前のように天才なんだね。すごいなあ。
それじゃまたね。メール待ってるよ。

ホワイトハウスのロンより

ぼくはびっくりして声も出なかった。そして、いつか真夜中に見た、パソコンの前にすわっていたジーニアスの姿を思い出した。あの時、ジーニアスはあんな小さい手で、自分の写真をとりこんでキーをたたいたり、ぼくが教えてあげたみたいにマウスをクリクリしていたのだろうか。

ソファーの上では、ジーニアスが白いおなかを出して眠りこけていた。

やくそく

三輪円香（みわまどか） 作（さく）・絵（え）

おたのみ山という山がある。

おたのみもうす、おたのみもうすといいながら、お百度まいりをすると願いがかなうというう、いい伝えのある山だ。

山は深い緑におおわれて、昼間でもうす暗い。いつもしーんとしているから、おっかながる人もいるが、夏にはすうーっとしたすずしい風がふき、冬になると木がらしをさえぎってくれる、やさしい山だ。

良平（りょうへい）はおとうさんから、この山には登るなよ、となんどもいわれていた。おたのみ山は神さまの山だから、子どもが遊びに入ってはいけないのだという。


良平は、ランドセルをせおって家を出た。まだ朝早いが、これぐらいの時間に家を出ないと、学校にまにあわない。良平は、ほうのき小学校の中でも、一番遠くから学校に通っていた。

良平の、となりのとなりの家にも太一（たいち）という子どもがいて、良平は毎朝太一の家によってからいっしょに登校する。太一は三年生の時に転校してきたが、四年生に上がると、良平と同じクラスになった。

このあたりは家が少ないから、登校班は良平と太一の二人だけ。二人は、おたのみ山のふもとをまわって田んぼ道に入り、駅の近くの小学校まで、てくてくと歩く。

田んぼ道を歩きながら、太一はときどきへんなことをいう。ヘリコプターを「ヘコロプター？」といったり、ながぐつを「なわぐつ？」といったりする。良平がわらうと、太一は口をとがらせて、いつも良平の黄色いぼうしをとりあげる。ぼうしを取ったり取り返したりしているうちに、いつのまにか町に入って、二人は毎朝、なんとか学校にまにあっていた。

良平と太一が教室に入ると、たかやすが足を組んでつくえの上にすわっていた。たかやすはからだが大きくて、とりまきも多くて、いつもいばっているやつだ。

「おい、太一。おまえ算数の宿題、ちゃんとやってきたか？」

そのいい方がやさしくない。太一が気まずそうにしてだまったので、良平がかわりに答えた。

「いいだろ、そんなことどうでも」

だが、たかやすはしつこく食いさがってきた。

「どうでもいいことないだろ？　だいたいこいつのおかげで四年二組の算数が、すごぉーくおくれてるんだぜ。となりのクラスなんて、もう七ページも進んでるのに」

そのえらそうないい方に、良平はむっとした。でも、たかやすがいったことは、まるっきりまちがいではなかった。

太一は、算数がぜんぜんできなかった。先生は太一を置いていかないように、いっしょうけんめい説明をする。でも、そうすると、時間がかかってじゅぎょうがなかなか進まない。良平は、計算がゆっくりできるからほっとしていたが、たかやすは気が短いからいつもイライラしていた。

太一はたしかに算数が苦手（にがて）だけど、勉強がぜんぶできないわけではなかった。虫や木の名前なんか、すごくよく知っている。社会の時間でも、みんなが知らないような町のことを、ぼそっと話したりして、みんなをびっくりさせたことがあった。体育だって、走るのはけっこう速い。でも、ボール遊びになるとぜんぜんできなかったりした。

たかやすは、この前五十メートル走のタイムをはかった時にわずかな差で太一に負けてから、ときどきいじわるをするようになっていた。今日も五時間目の算数の時間、太一が答えをまちがえると、

「こんな問題、一年でもわかるんじゃねえの？」

と、ばかにしたようにわらった。

太一はひとことも、いい返さなかった。でも放課後、良平がいっしょに帰ろうとしたら、いなくなっていた。

「太一は？　見なかったか？」

良平は、学校中をさがしまわった。教室にもトイレにも職員室にもいないとわかると、良平は太一を追って、校門を飛び出した。

（太一のやつ、ひとりで帰るなんて）

見とおしのよい田んぼ道に入っても、太一のすがたが見えない。良平はあたりをさがしながら、急いで家に向かった。

太一は、一学期のとちゅうの、へんな時期に転校してきた。良平の家のとなりのとなりに佐川さんというおじいちゃんがいて、一人だけでくらしていたが、遠くの町にいた、まごの太一を引き取ったのだ。太一には、お父さんもお母さんもいなかった。太一は佐川のじいちゃんと、二人でくらしていた。

いちばん最初に出会ったとき、太一はゲームを知らなかった。テレビの話をしても、あまり通じない。学校のじゅんびを手伝ったときも、まのぬけたことばかりいうので、良平は前の学校ってどんなところだったんだろう、とふしぎに思った。

ところがいっしょに遊び始めると、木のえだで上手におもちゃの弓矢を作ったり、この葉っぱはドクだ、と教えてくれたり、太一は良平がぜんぜん知らないことを知っていて、おもしろい。良平の毎日は、急に生き生きといそがしくなった。

ずいぶん前に、太一がブランコをこげないというので、二人で遠い公園へ練習しに行ったことがある。良平は、なんども自分でこいで見せて、うしろから太一のせなかをおしてやった。太一ががんばってこぐ。良平がうしろからおす。太一ががんばってこぐ。良平がうしろからおす。そうして、なんとかならんでブランコがこげるようになったとき、あたりはもう暗くなっていた。

星が出ていた。ぐーんとブランコをこぐと、夜の星が動く。そして、すうーっとブランコがおりると、星は空にもどってゆく。良平と太一は動く星を見上げながら、二人でブランコをこぎ続けた。

良平は、この夜のことを今でもよくおぼえている。楽しかったのだ。良平は、いっしょに学校に通い、家に帰ってからも気がるに遊べる友だちができて、ほんとうにうれしかった。

その太一が、良平に何もいわないで、だまって先に帰った。

（太一のやつ、どうしたんだろう）

そのとき、遠くにちらっと黒いランドセルが見えた。良平は、はっとして、

「おーい、たいちぃぃ！」

と、大声でよんだ。

ところが太一には聞こえなかったらしく、どんどんと先に歩いて行く。そして、家の方には向かわずに、ついっと山の方に消えた。

おたのみ山だった。

おたのみ山の登り口には、古ぼけた木の鳥居(とりい)があって、しゅいろのぬりが、ところどころはげている。鳥居には、しめなわがかかっていて、ジグザグに折った白い紙がいくつも下がり、行手をさえぎっていた。

山に入ったのなら、太一はここをぬけていったにちがいない。でもここは、おたのみ山だ。おとうさんから、ぜったいに入るなといわれているおたのみ山なのだ。

登り口の手前で、良平はどうしようか、しばらくまよっていたが、なわに下がった白い紙を、できるだけさわらないようにそろっとどけると、えいっとばかりにそこをくぐった。

くぐってしまったあとは、早足になった。山道は一本道になっている。太一のすがたは見えないが、ここをまっすぐに行ったにちがいない。良平は、もうここまで来たらしかたがない、とにかく太一をとっつかまえて話をしないと帰らないぞ、とそんな気持ちになっていた。

とちゅうで、ちらっと太一の後ろすがたが見えて、あ、と思った。太一ははなれた足どりで、どんどんと歩いて行く。良平はあわてて走ったが、また見えなくなった。

（あいつ、ここに来るの、初めてじゃないな）

むねがどきんとした。今見た太一は、良平の知っている太一とはちがうように思える。休まず登っているのに、うす暗い道は続いていた。もし帰れなくなったら、たいへんなことになる。良平は、せなかに冷たいあせが流れるのを感じながら歩き続けた。

すると、とつぜん、ぽっかりと開けた場所に出た。今までうっそうとしていた木ぎがなくなって、光がさしこみ、足もとには短い下草が広がっている。

（なんだろう、ここ）

良平が、静かに中に入ると、こけにおおわれた大きな石があった。石のてっぺんは人がこすったのか、こけがなくなっている。たぶんこれが、お百度まいりのおまいり石なのだろう。良平は、そこから下の方をゆっくりと見た。

見た先に、よくわからない、太い毛のようなものがあった。

(……しっぽ?)

その時とつぜん、太い毛は大きくはね上がって、石の向こうから黒いかげが飛び出した。

おどろいた良平は思わずひっくり返ったが、黒いかげがくるりとふり向いたとたん、ばったりと目があった。

「タッ……!」

声を出したつもりだったが、うまく出なかった。良平は、しりもちをついたまま、ずるずると後ろに下がると、急いで立ち上がった。

(タヌキだ!)

それも、大きなタヌキだ!

タヌキは良平を追って来る。それも早い。とちゅうから後ろ足で立ち上がると、両手をふって走って来る。

「うわー、うわー!」

良平はあわててにげまわった。ところがタヌキとのあいだがつまって、もうだめだ、と思ったとたん、タヌキは良平の黄色いぼうしを、すっとぬき取った。

「良ちゃん」

その声に聞きおぼえがあった。

「………たいち？」

息をきらしながら、良平が名前をよぶと、タヌキのからだはみるみるうちに人間になった。

タヌキは太一になった。

太一はえへへへ、と頭をかくと、良平にそっとぼうしを返した。

おまいり石のそばに、こんもりとした木ぎがとぎれて、町が遠くまで見下ろせる場所があった。良平と太一は、下草の上にこしをおろした。太一は、すがたは人間だが、おしりからまだ大きなしっぽをたらしていた。

良平は、しっぽのある太一がふしぎだった。でももっとふしぎだったのは、太一がタヌキだとわかっても、ぜんぜんこわくなかったことだ。

「おまえ、この山のタヌキなの？」

良平が聞くと、太一はうん、と答えた。

「なんで人間に……っていうか、タヌキってみんな人間になれるのか?」

太一は、ちがうちがう、というように、かた手をふった。

「そうじゃないけど、じいちゃんがこの山に、子どもがほしいって百回おまいりをしたんだよ。その時おら、人間になりたいってずっと思ってて、そしたらある朝、目がさめたら、人間の子どものすがたになってたんだ。びっくりして山をおりて、じいちゃんの家の前に立ってたら、じいちゃんがまごにしてくれたんだ」

それから太一は、この山は神さまの山だからな、とつけくわえた。良平は、おたのみ山が願いをかなえるっていうのは、ほんとうだったんだな、と思った。

「タヌキより、人間の方がいいのか?」

タヌキと人間のどっちがいいかなんて、良平にはわからない。でも、良平はどうして太一が人間になりたかったのか、わけが知りたかった。

「おら、いっつもここから、ほうのき小学校、見てたんだ」

ずいぶんはなれているけれど、たしかにここから、ほうのき小学校が見下ろせた。ここからだとまっすぐに、小学校の校庭が見える。

「昼休みにな、みんなが遊んでる声なんか、すごくよく聞こえるんだよ。おら、どうしてもみんなといっしょに、あそこで遊んでみたかったんだ」

「そんなにいいかなあ、学校。おれ、べつにきらいじゃないけど、宿題とか勉強とかは、ないほうがいいなあ」

「良ちゃんは、あたりまえに通っているから、わからないんだよ」

太一はいつも、自分のことをおれっていっているのに、しっぽがあるせいなのか、今日はおら、おらといっていた。

「おら、どうしても学校、行ってみたかったんだよ」

「たかやすみたいな、いじわるなやつがいてもか?」

たかやすの名前が出たところで、良平は今日の放課後のことを思い出した。

「そうだ。おまえ、今日なんで一人で帰っちゃったんだよ、ひどいだろ?」

「ひどいのか?」

「そうだよ。いつもいっしょに帰ってるんだから、先に帰るんなら、おれに言ってから帰れよ」

「そうか。そうだよな。うん、ごめんな」

太一は、ちょっと元気がなかった。

「良ちゃん、おらさ、人間やめてタヌキにもどろうと思うんだ」

「ええ？　もどってどうするの？」

「だって初めはね、もう学校に行けるだけで、うれしくてうれしくてしかたがなかったんだけど、算数ぜんぜんわかんないしさ、やっぱりちょっとムリかなあって」

「おまえ、もしかして、一年生と二年生の算数やってないんじゃないの？」

「うん」

それでか、と良平は初めてなっとくした。ほかの勉強もそうだけど、太一は三年生から人間になったのなら、算数を三年生から始めていることになる。それじゃあ、わからないだろうなあ、と良平は思った。

「佐川のじいちゃんは、おまえがタヌキだって知ってるのか？」

「ううん、知らない。じいちゃんのむすこは遠い町に住んでたんだけど、じこで死んでもういないんだ。おらはその子どもっていうことになってるけど、ほんとうは子どもなんていなかったから、じいちゃんのまごなんてウソなんだ」

「じゃあ、おまえがタヌキにもどったら、じいちゃんはどうなるの？」

佐川のじいちゃんの話が出たところで、太一は下を向いた。たとえニセモノのまごでも、太一がいなくなれば、じいちゃんはひとりぼっちになってしまうだろう。それに、ひとりぼっちになるのは、佐川のじいちゃんだけじゃない。太一がいなくなれば、良平だって、またひとりで学校に通わなくてはいけない。

「太一」

「なに」

「おまえ、もうちょっと人間やれば？」

「もうちょっとって、どれぐらい？」

「ええっと、そうだな。人間として百歳まで生きるとして、今、十歳だから百ひく十で……あと九十年」

「九十年か。だいぶ長いな」

太一は考えている。

「おら、そんなに長くやっていけるかな」

「だいじょうぶだよ。おれ、ずっと友だちでいるから」

そのことばを聞いたとき、太一のしっぽはすうっと消えて、太一はどこからみても人間の子どもになった。

良平は、太一にゆびきりを教えた。良平は九十年、太一がタヌキだってことをだまっている。太一は九十年、人間のまま佐川のじいちゃんの家にいる。二人だけの、ひみつのやくそくだ。二人は小指と小指をからませて、ぎゅっと力を入れると指を切った。

太一は、ランドセルの土をはらってせなかにせおった。良平は、黄色いぼうしをはたいて頭にかぶった。太一を先頭にして、二人はゆっくりとおたのみ山を下りた。夕やけが終わりかけていた。

太一の家のげんかんに、明かりがついていた。佐川のじいちゃんが心配して、家の前で太一を待っていたのだ。

「なんだ、良ちゃんがいっしょだったのか。なら安心だ」

佐川のじいちゃんは、にこにこと笑った。

「良ちゃん、太一のこと、たのむな」

そのことばを聞いたとき、良平は、まるでさっきのやくそくを見すかされたような気がして、ふと、じいちゃんは、ほんとうは何もかも知っているんじゃないだろうか、と思った。でも良平には、どちらかわからなかった。

「太一、あとでいっしょに算数の宿題やるか？　おれ、ぜんぶとけるかどうかわからないけど」

太一はてれくさそうに、うん、と小さくうなずいた。

良平がふり向くと、じいちゃんと太一は、げんかんのあたたかい明かりに包まれていた。

太一はせなかのシャツをズボンにしまうと、まるでずっとその家の子どもでいたように、じいちゃんと二人で中に入って行った。

見えない足あと

中村千鶴子　作
かざまちひろ　絵

たった一両きりの列車が、山やまに囲まれた小さな無人駅に止まりました。

背中に大きなリュックをしょった、五十過ぎのおじさんがひとり降りました。

その人の名は小島昭夫さん。

この村は、去年の秋になくなった、小島さんの奥さんのふるさとなのです。

山おくの村に、小島さんが来たのには、わけがあります。

とつぜん、奥さんをなくし、ひとりぼっちになった小島さんは、何をしてもどこに居ても、ちっとも楽しくありません。

会社も休みがちになり、ただうつうつと、毎日をすごしていました。

ある日、気のむくままに、奥さんの写真の整理をはじめた小島さんは、一枚の写真に、ふと、手を止めました。

それは、少女のころのおかっぱ頭の奥さんが、大木に囲まれた社の前で、両手をぴたっとからだにつけ、気をつけをして写っている写真です。

場所はふるさとの、鎮守の森なのでしょうか。

「ほう、これは、はじめて見るなあ」

色あせた写真のなかの、奥さんのはちきれんばかりの笑顔に、小島さんの顔がほころびました。

(そういえば、ふるさとの話をする時の妻の顔は、いつも幸せそうに輝いていたっけ)

なにげなく、写真の裏をかえして見ると、鉛筆で、―おともだちのじろうちゃんといっしょ―　と、子どもの字で書いてあります。

(ともだち?　写っているのは晴子だけなのに……)

なんども見返しましたが、写っているのは、奥さんの晴子さんだけでした。

その日、小島さんの頭のなかは、子どものころの奥さんの笑顔と、じろうちゃんという名の存在で、いっぱいになりました。

「考えてみれば、晴子のふるさとには、たった一度行ったきりだったな」

思えば思うほど、奥さんのふるさとが、気になってしかたありません。

「そんなに良いところなら、これからの人生は、きみのふるさとで暮らすのもいいかもな」

奥さんの写真の笑顔に、さそわれるように、小島さんはそう思ったのです。

そして、住みなれた都会を離れ、列車やバスを乗りつぎ、いま奥さんのふるさとの駅に着いたのでした。

駅には小島さんのほかにだれもいません。

改札口の木の箱に、きっぷを落とすと、コトリと、かすかな音がしました。その音は、村の入りぐちの戸が、開いたようにも聞こえました。

駅を出ると、村は春まっ盛りでした。

見渡せば、木々には桃色や白や黄色の花が咲き、緑におおわれた田畑がどこまでも広がっています。小島さんは目を細めました。

「むかし来たときと、ちっとも、変わってないみたいだ」

ここでは、時間がとくべつにゆっくりと、流れているのではないかと感じるほどでした。

小島さんは、上着のポケットから、あの奥さんの写真をとり出し、語りかけました。

「晴子、きみのふるさとに着いたよ」

駅から村への道は、まっすぐに一本。なだらかな山にむかっています。

ときどき横に入る小道の先には、かやぶき屋根の家が、ポツン、ポツンと建っています。

小島さんは住む家を、晴子さんの実家の、古い家に決めていました。

むかしの記憶をたどりながら着いた家は、のびほうだいの庭木に囲まれ、かやぶき屋根のあちこちには、ぼうぼうと雑草が生えています。

玄関に入り、眺めた部屋のなかはシーンと静まりかえり、ほこりが積もっているのがわかります。小島さんは、ほーっと、ためいきをつき立ちつくしました。

「ここもわたしにとっては、都会と同じさびしい場所なのか……。いいや、ここは晴子のふるさと、晴子の家」

気をとりなおし、荷物をおくと家の戸という戸を全部開け放ち、そうじをはじめました。

かんたんにそうじを終えると、小島さんは村のなかを歩いてみることにしました。

道にでてあらためて見上げた空は、くらくらと目まいがするほど青く、甘い野の花の香りがする空気に、思わず両手をのばし、深呼吸をしました。

「やっぱり、来てよかったんだ」

小島さんは、うなずくと歩き出しました。

歌を口ずさみたくなるような、サラサラと流れる小川に手を入れると、めだかが手の横をすいすいと泳いでいきます。

どっさり実をつけた、赤い野いちごを口に入れると、あまずっぱい味がしました。

小島さんがおどろいたのは、小道で出会う、野うさぎや、りすや、きつね、たぬきたちが、小島さんを見ても、逃げたりしないで、ふつうに行き交うことでした。

「いやあ、びっくりだな。人間に会うより動物に会うほうが多いぞ。しかも、どうどうとしてる」

こうして、小島さんは、久しぶりに楽しいひとときをすごしたのでした。

その日の夕方。トン、トン、トン。えんりょがちに、玄関のガラス戸を、たたく音がしました。

小島さんは、首をかしげながら立ち上がりました。

「はい、はい。どちらさまですか」

少しかまえながら、戸を開けました。すると、目の前に二本足で立っている茶色の犬？いいえ、よく見ると、きつねがすっくと、立っているではありませんか。しかも手にはかごを下げています。

「おっ……」

小島さんは、目を見張りました。きつねはゆっくりといいました。

「いんや、きょう道であんたさ見かけて、こりゃあ、新しく村に来た人かなと、思ってたら、ここんちに明かりがともった！」

小島さんは、何がなんだかわからずに、どぎまぎしながらこたえました。

「えっ、あっ、たしかに……」

するとと、きつねは木のつるで編んだかごから、青あおとしたセリと、わらにつるした川魚を取り出しました。

「やっぱり、そうですかい。なに、これはお近づきのしるしですがね。おらたちには、あたりめえのことでして」

小島さんは、びっくりするやら、うれしいやら、あわてて頭をさげ受け取りました。

「いや、それはありがたいことで」

「なあにね、もともと、この村はおらたちと、人間がなかよく暮らしてるだよ。もう、ずーっと、むかしからだ」

小島さんは、「ほう……」と、声をあげました。

きつねは、ポツポツと話をつづけます。

「このごろは、人間のわけえもんは、みーんな町へでていっちまい、ここにいるのは年寄りばかりでな。まっ、そんで、おらたちも、人さまの手助けをしてるだよ」

（人間と動物が、助けあって暮らしている村！　そんな村がほんとにあるんだ。それも、むかしから！）と、すれば、もしかして！

小島さんは、胸のポケットから、あのおかっぱ頭の少女のころの、奥さんの写真を出し、きつねに見せようとしました。

「あのう……」

その時きつねも、何かいおうとしました。小島さんは、写真をもった手をとめました。

「どうぞ、そちらから」

きつねは、軽くうなずきました。

「あっ、どうも。そんで、あんたさんは、ここの家の知り合いか、なんかですかいね」

小島さんは、すぐにこたえました。

「ええ、そうです。この家のむすめの晴子の夫です」

それを聞くと、きつねは、声をはずませました。

「あんれまあ。晴子ちゃんのだんなさん？　あんたさんが」

妻を知っている、きつね！　小島さんの胸が高鳴りました。

「はい、小島昭夫といいます」

「そんで、晴子ちゃんは、元気かい？」

息もつかずに、きつねがたずねました。

小島さんは、ぎゅっと、くちびるをかみ、晴子さんが去年なくなったことや、今までのことを全部話しました。

からだをかたむけ、聞いていたきつねの目から、なみだがポロポロと流(なが)れ落ちました。

「幼(おさな)なじみの晴子ちゃんちに、灯(あかり)がともったんで、さいしょは、おら、晴子ちゃんが、けえってきてるんじゃねえかと……そうなんかい、死んだんかい」

小島さんは、手にもっていた写真を、きつねの目の前に出しました。

「晴子の、子どものときの写真なんですが」

写真を見るなりきつねは、小さく叫びました。

「ああ、これは、晴子ちゃんといっしょにとった写真！　ほら、おらもここに」

小島さんは、いそいで、きつねが指さすところを見ました。

目をこらしてよく見ると、熊笹の茂みのなかに、きつねの顔がかくれんぼしているみたいに、チラッと見えました。

「いやあ、こんなところに…　わからなかったなあ。じゃあ、じろうさんていうのは、あなたのことですか？」

きつねは、おどろいて、小島さんを見ました。

「そうだが、なんであんたさんが、おらの名前を？」

小島さんは、写真を裏返しました。

「ほら、ここに、—おともだちのじろうちゃんといっしょ—って、書いてあるでしょ」

きつねは、鼻をぐすっとさせました。

「晴子ちゃんは、おらの名前も書いていてくれたんかい。こりゃあ、晴子ちゃんの引き合わせにちがいねえ」

きつねは、しんみりといいました。

「おらが、晴子ちゃんのかわりに、この村を案内すべえ。この写真の鎮守の森にも。あそこには、おらたちがちいせえころ書いた、らくがきも残ってるだよ」

小島さんは、奥さんの子どものころに、思いをめぐらせました。

「そうなんですか。なんだか、わくわくします。ぜひ案内してください」

よく見ると口のまわりの毛に白いものが混じったきつねは、小島さんをじっと見ました。

「ここに住む気なら、いつまでもおいでなせえ。この村は、なんにもねえ村だが、ゆっくり生きるにゃあ、もってこいのとこだ」

「ありがとうございます。とっても良いところですね」

次の日、小島さんはきつねのじろうさんに、村のなかをあちこち案内してもらいました。

鎮守の森で、石の灯籠を囲った古い板塀の裏に、かすかに残る「へのへのもへじ」の顔の上を、そっとなぞってみました。

「ここでこうやって、晴子が書いたのですね！　楽しかったんだろうな」

声をはずませる小島さんに、じろうさんも、

「ああ、おとなに見つからねえかと、どきどきしながら書いたのをおぼえているだよ」

と、むかしを思い出しながら、とっても楽しそうです。

ゆったりと回る水車小屋の前に来ると、

「かくれんぼしたときさ。晴子ちゃんが、見つからなくてよ。みんなで大騒ぎして探したら、この小屋のなかで、気持よさそうにすやすやと眠てたんさ」

じろうさんは、次つぎと案内します。

「この栗の木の下で、晴子ちゃんが棒で実を叩いてよ、おらがひろってたんさ」

じろうさんは、頭をごしごしさすりました。

「そしたら、イガつきの実がおらの頭の上に落っこちてきてよ、いてえの痛くねえの。晴子ちゃんは肩をすくめて、笑いながらおおあやまり」

「はっはっは、あっ、こりゃ失礼。そりゃあ、痛かったでしょうね」

小島さんは、その時のようすを想像して、声を出して笑いました。

こうして、小島さんは、奥さんのふるさとを思う存分たずね歩いたのです。

そして、いつしか、悲しみも、さびしさもどこかに消え去って、胸はほっかりと温かくなっていました。

夕暮れ時、家の前まで送って来てくれたじろうさんに、小島さんは、とっても明るい声でいいました。

「妻がすぐそばにいるようです。それにしても、晴子は活発な子どもだったんですね」

じろうさんは、自慢げにこたえます。

「ああ、元気が良くて、優しくて、村の人気者さあ」

じろうさんは、小島さんの顔を、ふいっとのぞきこみました。

「それで、ここにおちつくかね」

小島さんは、首を横に振りました。

「いいえ、このままのわたしでは、晴子に弱虫と笑われちゃいます。妻のぶんまで、この村に役立つことを見つけて戻ります」

小島さんは、晴子さんの見えない足あとの上を歩いているうちに、ふつふつと、村への想いが湧いて来たのです。

「必ず帰って来ます。来てもいいですよね」

じろうさんは、やわらかな声で、うん、うんといいながら、何度もうなずきました。

「そうかい、そうかい。ありがてえことだ。まっているだよ。いつでも帰って来なせえ」

数日後、山やまに囲まれた小さな駅のホームに、木々の間で見送るじろうさんに大きく手を振る、小島さんの姿がありました。

お父さんと自転車乗れば

大門よし子　作

みわまどか　絵

土曜日の午後、駅の改札は混んでいた。

足早に行きかう人たちに、アナウンスが電車の遅れを何度もくり返している。

塾の重いカバンをしょったわたしは、ため息をついた。上りの電車に乗って、二つめの駅前にある新しい大きなビル。その教室ですごさなければならない数時間。

わたしの口からため息といっしょに、「行きたくないなあ」という言葉がこぼれそうになった。

ホームへ行くと、おばさんたちの笑い声とむずかる赤ちゃんの泣き声の間を、なまぬるい風が吹きぬけていった。なかなか電車がこないので、ホームはざわざわしている。

やがてさわがしいアナウンスとともに、ホームへ入ってきたのは、下りの電車だった。

すぐそばで電車を待つ家族は、真ん中の十歳くらいの女の子としっかり手をつないでる。

ドアが開くと、三人は楽しそうに話しながら、電車に乗りこんでいった。

（あの人たちは本当の親子だろうなあ、どこへ行くんだろう?）

わたしはその家族の笑顔にさそわれるように、足がひとりでに動いて、下りの電車に乗ってしまった。

「行きたくない」から「行かない」へ、思わず一歩ふみ出していた。

電車のドアが背中でしまったとたん、はっと気がついた。

（わたしは何をしているんだろう）

でも、一日くらいかまわない。塾なんて行きたかったわけじゃない。お父さんにすすめられたからだ。

今年になって、ママと再婚（さいこん）した新しいお父さんは、ママとわたしの生活を変えようとしていた。


ママは二つのスーパーのパートの仕事をかけ持ちして働いて、とても忙しい生活だった。だけどわたしの授業参観など、学校の行事にはいつもきてくれたので、あまりさびしい思いはしなかった。小さい事にはこだわらなくて、ちょっとそそっかしい性格だ。

「この間、あんまりあわてて出かけてさあ、カナの友だちのお母さんに、カーディガンがうら返しですよっていわれちゃった、アッハッハッ」

聞いているわたしの方が赤面する話だけれど、いかにもママらしい。小さい事にこだわっていたら母子二人、暮らしていけなかったかもしれない。

パパが病気で亡くなった時、わたしは五歳だったけど、ママがいつも泣いていたのを、ぼんやりおぼえている。わたしがパパの事をきくと、ママはとても悲しそうな顔でわたしをぎゅっとだきしめるだけだった。わたしはパパという言葉を胸の中にしまい、口にしなくなった。いつもママだけを見ていた。ママはそれから長い時間をかけて、今のママになったんだ。

ママは今年になって、メガネをかけてすらりとした男の人を連れてきてわたしに紹介し、いっしょに暮らしはじめた。六年生の新学期になる前に、お父さんとよぶようになった。

ママはそのころから、お父さんとわたしの間を、すごく気にするようになった。

食事の時、わたしが「ああ、お腹すいたあ」と、先に食べはじめようとすると、お父さんは「みんながテーブルについてから食べようね」と、やんわりと注意する。

ママはわたしの顔をうかがいながら、「そうね、そうしましょう」と、どこかへかくしていたような声でいう。

前はわたしだけを見てくれたママは、今はお父さんとわたしを見て、そのうちお父さんしか見ないようになるんじゃないだろうか。

わたしなんか、どうでもよくなるかもしれない。

先月、リビングにいた時、お父さんは急に「そろそろ、カナを塾に行かせたらどうだろう」とママに話しかけた。

「塾なんかいいよ」

わたしはママを見ないですばやく答えた。

塾はお金がかかるという事が頭にあった。今までのママとの生活では、塾なんて思ってもみなかった。それに、わたしの意見をきかないで、二人で相談するのがいやだった。

ママは、ちらっとわたしを見ていった。

「そうねえ、六年生になると勉強もむずかしくなって、みんな塾へ行き出すっていうし、考えた方がいいかしら」

ママが知らない保護者のような顔に見えた。

「そうだよ、塾の費用なら心配いらないよ」

お父さんは満足そうににっこり笑った。

わたしは「かってに人の事を決めないで」と、叫びそうになった。「あんたに指図されたくないよ」と、いい返したかった。

だけど、お父さんにそんな口をきいたら、ママが悲しむと思って、結局苦い薬のように言葉をのみこんだ。そして塾へ行きはじめた。

電車は二つめの「公園入口駅」で、急行待ちのためしばらく止まった。塾のカバンをしょった子はいない。なんとなくいごこちが悪くて、この小さな駅におりてしまった。たしか駅から少し歩くと、広い自然公園がある。

改札を出てキョロキョロしていると、だれかがドンとぶつかった。はでなシャツを着たおじさんが、わたしをふり返って見てニヤニヤしている。わたしはにげるように階段をかけおり、見なれない駅前に出た。

さっきのおじさんからは、たばことお酒のにおいがした。お父さんとは全然ちがうにおいだ。

駅前のごちゃごちゃした商店街には、やきとり屋の煙と、にぎやかな音楽が流れている。商店街の先の公園も、静かな場所ではなかった。芝生広場のあちこちでシートを広げた家族づれと、かん声をあげて走りまわる子どもたち。

場ちがいなコスプレと、黄色や水色の髪をして、花だんや池のまわりで写真をとりあっている女の子たち。

やっと見つけたベンチで休んでも、なんだか落ちつかない。やっぱり家に帰ろうと思って、また駅にもどった。

改札前でカバンのポケットから、スイカをとり出そうとして、はっとした。

「ない！」

あっ、あの時、改札を出ておじさんにぶつかった時、なくしてしまったのかもしれない。

「どうしよう！」

落としたと思うあたりをさがしても、見つからない。今日にかぎって、おさいふを忘れてしまった。わたしは携帯（けいたい）を出し、家に電話をかけた。

つながると、ママが何もいわないうちに、いっきにしゃべった。

「ママ、むかえにきて！　スイカを落としちゃったの。今ね、公園入口の駅にいるの、ママ、きいてる？　だって、塾に行くのがなんだかいやになっちゃったんだもん、だから、おねがい、むかえにきてぇ！」

いっしゅん、静かになった。

それから、お父さんの声がきこえた。

「すぐむかえに行く。駅の西口の交番の前にいなさい、そこから動くなよ！」

わたしはドキリとした。

（えっ、やだあ、お父さんが電話をとっちゃったんだ）

あせって何かいおうと思ったとたん、電話が切れた。

わたしはあわててママの携帯に何度もかけたが、どうしてもつながらない。家の電話にもつながらなくなった。

お父さんがむかえにきちゃう。それも塾のある駅じゃなくて、反対方向の駅なのに。

わたしはあきらめてお父さんを待つため、いわれたとおり交番の前にのろのろと行った。

車だったら十分もかからないと思うのに、ずいぶんたってから、お父さんが汗びっしょりになって自転車でやってきた。

「えー、なんで自転車なの？」

しかられるかもしれないと思っていたのを忘れて、わたしは口をとがらせた。これから歩いて帰ると思ったらうんざりする。

「ママは車で買い物に出かけていないんだよ」

お父さんは申しわけなさそうに、ぼそぼそといった。

塾のカバンを自転車のかごに入れ、わたしとお父さんは見知らぬ商店街をただもくもくと歩いた。

（ママ、なんで買い物に行っちゃったの、いつだって、ママはすぐきてくれたのに）

今までずいぶんママにたよっていた事に気がついた。ママのかわりに、お父さんがきてくれるなんて思わなかった。

お父さんはわたしが塾をさぼった事に、なかなかふれなかった。塾に行くのがいやになったなんて電話でいったのが、きこえなかったのかな。

しばらく歩いて住宅街に入り、人通りも少なくなったころ、お父さんはやっとわたしの方を見た。

「カナ、塾がいやだったら、やめてもいいよ。君が自分で決めなさい」

頭からしかられると思っていたわたしは、ちょっとひょうしぬけした。

「えっ……うん」

夕日がお父さんとわたしの影ぼうしを、長くのばした。お父さんは遠くに目をやり、静かに話しはじめた。

「ぼくはね、家があまり裕福じゃなかったから、大学へ行きたくても行けなかったんだ。将来の夢もあきらめるしかなかった。だから君にはそんな事がないよう、思いきり勉強してほしくて、塾をすすめたんだけど……」

はじめてきくお父さんの若いころの話だ。

お父さんにも高校生の時や、わたしくらいの男の子のころがあったんだ。

照れくさそうな顔のお父さんは、なんだか宝物の箱を持っている男の子みたいだ。

わたしはその宝物の箱の中を、のぞいてみたくなった。

「お父さん、あきらめた将来の夢ってなあに？　何になりたかったの？」

「う、うん、えーと、実はね、動物のお医者さんだよ。小さい時から動物が好きだったんだ。でも、家計の事を考えると、六年間の教育費はむりだった。それは、うすうすわかっていたからね。高校を卒業して、すぐ働きはじめたんだ」

「ふうん……」

お父さんの顔が赤いのは、夕日に照らされているだけではないみたいだ。

「両親も忙しくて、食事はいつもばらばらに食べていたんだ。だから、家族でいっしょに食卓を囲めるのは幸せな事だよ。そんな小さな幸せを大事にしたいんだ」

お父さんはゆっくりとわたしを見た。わたしは、あっと思いあたった。

食事をいっしょに食べはじめようというのは、そういうわけがあったんだ。

あの時、わたしはママばかり見ていた。わたしだけのママでなくなるのが不安だった。

でもお父さんは、わたしの事も家族みんなの事も考えているのがわかった気がする。

夕日がだんだん落ちてきて、遠くにわたしの家のそばのマンションが見えてきた。

自転車をひいていたお父さんは、立ち止って思いきったようにわたしにいった。

「疲れたか？　後ろに乗っていくか？」

わたしはあきれていった。

「あのねえ、知ってる？　二人乗りって交通違反なんだよ」

「あ、ああ、そうだな」

すぐひっこめたお父さんの声は、ちょっとさびしそうだった。

幼かったからおぼえていないけど、わたしはパパの自転車の後ろに、乗せてもらった事があっただろうか。一度でいいからパパと二人乗りしたかったな。

「お父さん、やっぱり後ろに乗せて。もうすぐ家につくけどね」

「そ、そうか、おまわりさんに会わないといいけどな」

後ろにまたがって、お父さんにつかまった。お父さんは全力でペダルをふんで自転車をこぐ。

「大丈夫だよ」

わたしは笑いながら大声でいった。

それでもお父さんは、まるでおまわりさんに追いかけられているみたいに、一生けんめいだ。

これからも、お父さんに車で迎えにきてもらったりする事はあるだろう。でもお父さんと自転車に乗るなんて、きっと最初で最後だと思う。

今日の事は、わたしの宝物の箱に入れておこうか。

もうじき家につくだろう。

お父さんとママとわたしの暮らす家だ。

「だいじょうぶだよ」

わたしはもう一度、お父さんの背中でつぶやいた。

カーテン

豊桑由美子(とよくわゆみこ) 作(さく)・絵(え)

はー、もうだめ。これ以上、机の前に座ってるのは、無理ダワ。暑いし、何か飲んで、気分変えよ。なんかさ、小学生の時より、夏休み、短くなった気がするんだよね。宿題の量も、かなり違うしさ。

いつの間にか、外は夕方の気配。でも、リビングにはまだまだ太陽の光が差し込んで、そこだけ、くっきりと眩しい。

カーテンを両手で引いて光を遮ると、ちょっとほっとした。部屋の中が、別世界みたいに薄暗くなった。

ふう。

キッチンの床を裸足でペタペタと歩いて、冷蔵庫をがぽっ、と開ける。顔を突っ込む。

ひゃー。

冷たい空気が中からどんどん出てきて、あたしの足元へ流れ落ちてゆく。うーん、気持ちいい。このまんま、冷蔵庫に入っちゃいたい……なんてね。

大きなコップに氷をいっぱい入れて、冷えたお茶を注ぐ。

こぼれそう！

コップをそおっと持って、そろりそろりとソファーまで移動。静かに座る。そして、コップに口をつけて、ゴク、ゴク、ゴク、と半分以上飲んだ。

うー、おいしい！

お茶が喉（のど）を伝（つた）って、おなかに溜（た）まってく感じ。ひんやりが、おなかを中心に、じわじわ、ひろがってゆく。パパの言う、「ごぞーろっぷにしみわたる」って、きっとこれだ。

あたしは深呼吸しながら目を閉じた。ノースリーブの肩や腕、ショートパンツから出た脚（あし）も、なんだか、とってもヒンヤリ。

ん？　ちょっと、涼しすぎない？

冷たい物を飲んだくらいで、ここまで涼しい、かな。カーテン閉めて、薄（うす）暗くなったくらいで、こんなに涼しい？　エアコンなんか、もちろん、ついてないし……まさか、冷蔵庫、開けっ放し？　思わず立ち上がって、キッチンの方を見てみる。大丈夫（だいじょうぶ）、閉まってる。ヘンだなあ……と、また座る。ま、涼しい分には、いいか。

カーテン越しの光が、部屋の中を薄い青と緑の混じった色で満たしている。これって……水族館の、大きな水槽（すいそう）の中にいるみたい。家具の陰（かげ）や部屋の隅（すみ）は、沈んだ深緑色……輪郭（りんかく）がぼやけて、どこまでが部屋なのか、はっきりしない。

大量の水の中に沈むソファーに乗るあたし。

すっごくいい感じ。さすがママ。この生地をカーテンにしたのは、正解、だ。

これって、大叔母さんの形見なんだよね。幾重にも折りたたまれて、やけにかさばる布だった。よく見ると、濃い青と緑がまだらになってる不思議な色合いで、ザクザクゴワゴワした、ちょっと厚手の生地。ずっとしまわれてたせいなのか、妙な匂いもした。厭な匂いじゃないんだけど……南米のお土産らしいから、アマゾンの匂いかも、なんて言いながらママが広げると、皆、うわあっ、と声を上げたっけ。

ほんと、スゴいんだ。幅二メートルくらいの生地が二枚。広げて並べてみると下の方に、はんぱなくでかいグレーの魚のアップリケが、前半分と後ろ半分に分かれてついていた。水底に沈む魚。リアル。あたしの掌くらいもある何十枚ものウロコが、一枚一枚、ていねいに縫いつけられてる。そのうちの三枚は、どうも本物らしい。鈍く光って、凄い存在感なの。ってことはこれって、実物大の魚なわけ?　ホントにこんな魚いるんだろうか、って思っちゃった。

窓から入った風が、カーテンをゆらゆらとなびかせた。まん中から左右に波打つように揺れてるカーテンを、ぼんやりと見る。

ん？

あたしは、もたれていたソファーから体を起こして、カーテンを見まわした。

アップリケ、ないじゃん！

すっかりただの青っぽいだけのキレになったカーテンが軽やかに揺れているのを、あたしはボウ然(ぜん)と見つめた。

……と、テレビの脇(わき)で、何か動くのが、ちらりと目のはしに映(うつ)った。ぞわっ、として、腕にトリハダ。ぞわぞわは、あっという間に首から両頬(ほほ)にもひろがった。

おそるおそる顔を向けて目を凝(こ)らすと、青緑の陰の中に、オリーブグリーンぽい銀色のあたし二人分くらいの何か。長くて大きなカタマリが、じいっと沈んでいる。

ピラルク……!?

あたしは息を飲んだ。

それから、そおっと裸足の足をソファーに上げた。肉食魚だった気がして……。

カーテンについていたのは、アマゾン川にいる、ピラルク。長さ三メートル、重さは百キログラム以上になっちゃうらしい。淡水魚(たんすいぎょ)では、世界最大級とも言われる魚。

うわ。

ピラルクは、ゆったりと身をくねらせながら、薄暗い床の上を、滑るように泳ぎ出した。

からだが動くたびに、胴体にぴったりついた銀のウロコが、かすかな光を受けて、誇らしげに、ちらちらと輝く。そして、おなかから、しっぽにかけての、目にしみるような、鮮やかな赤い斑文、すっごくキレイ！

確か、一億年くらい前から、同じ姿をしているんだっけ？　一億！　スゴイ。気が遠くなりそう。

それにしても……なんてでっかい魚！　胴はまるで太い丸太、あたし一人じゃ抱え切れないかも。だけど、つま先が反り上がった巨大スリッパみたいなアゴしちゃって、まん丸な目のついた顔は、ちょっぴり笑える。

ねえ、アマゾンて、どんなとこ？　世界で一番、長くて大きな川、なんだって？　密林の中を、うねるように何十キロも流れて、海にたどり着いた時には、川幅数百キロだ、なんて、それって、川？　想像超えちゃう。

あんたは今、生きて、泳いでいるんだね。

……でも、ここ、あたしんち、だよ。アマゾンじゃないよ……

ピラルクが、丸い金色の目で、ちら、とこっちを見た気がした。

ドキッ。

思わずあたしは息をひそめた。

彼は、変わりなく、ゆっくり泳ぐ。風に揺れるカーテンのすきまからさす、薄い光の中を、王冠とマントを身につけた、王様みたいに。

ガチャッ。

玄関のドアが開いた。ぴくっ、とあたしの手が揺れて、コップの氷が、カラリと鳴った。ピラルクはあわてたようすも見せずに、尾びれを左右にふわーり、と振ると、あたしの乗っているソファーの下へ、滑り込んだ。

「みっちゃーん、いるの？」

ママが入って来て、ぱっ、と明かりがついた。

う、眩しい。

「まあ、暗いまんまで、どうしたの？」

コップを片手に、ソファーの上で固まってるあたしを見て、ママが不審そう。

大変だ！　あたしは急いで言った。

「ママ、そんなとこ立ってたら、危ないよ！　カーテンの魚、部屋の中を泳いじゃってるんだから！　今、ソファーの下に居るんだよ！」

「ま！　何のこと？　寝ちゃってたの？」

「違うって！　でっかい魚が……」

「んもう、やあねえ、目、さましてよ」

「いや、だからさ、ピラルクが、カーテンから出て来てるんだってば！」

言い張るあたしにママは言った。

「しっかりして！　お魚、ちゃんとカーテンについてるじゃない」

「え？」

見ると、ピラルクは、半分ずつ、確かにくっついている。そこに戻ったピラルクのために、ちょっと重そうにカーテンは、暗くなった外と明かりのついた部屋を分けて下がっている。

どうして？

ボウ然とするあたしの顔を、ママはのぞき込む。

「みっちゃん、寝ぼけてないで、手伝って。晩ごはんにしなくちゃ」

ママはスーパーの袋を抱えてキッチンへ。

どーなってんの……。

あたしはピラルクから目を離さずに、ゆっくりと床に足を降ろして、立ち上がった。
あんた、さっき、泳いでたよね。
ひょっとして、ときどき、泳いでるワケ？
んっ？
いつもと向き、逆じゃない？

私ネムノキもっています

久保恵子　作

豊桑由美子　絵

これは、私が小学一年生になった年に出会った、ネムノキといっしょに、十回目の春をむかえた話です。

小学校の行き帰りで通る坂道のわきに、背のびして、大きく枝を広げた木がありました。四月の中ごろになって、雑木林の木が豊かな緑に包まれても、その木は枯れているのかねむっているのか、冬木のままでした。私はいつになったら目をさますのか心配でした。五月も終わりに近づくと、やっと枝先に小さな芽をつけ、ぐんぐんのびると羽根のような葉を広げました。

てのひらより大きくなった葉は、重なり合いながら、緑の色を濃くうすく、青空に透かして光を通します。枝先に集まった細い軸の先で、つぼみの粒が咲く順番を待ちます。その一つから、先をピンク色に染めた、お化粧のはけのような花が咲きました。

ネムノキでした。

学年が上がるごとに、春になると、ネムノキの花が咲くのが待ち遠しくなりました。夕方から美しく形を整えて咲く花と、交替するように葉を合わせ閉じ、うつむいて休む枝葉を見ることができたのは、下校が遅くなってからでした。

梅雨時の雨の中で、葉はつややかで、ピンク色の花は、ぬれながらもつぎつぎに咲いていきました。きびしい暑さも、台風のあとも、変わることなく、一日のめざめとねむりをくりかえし、さやさやさやさやと季節を過ごしていました。

咲き終わった花の下に、黄緑色の豆さやの種が下がり始めます。一列に並んだ種のふくらみを透かし、厚みのないひらひらとした豆さやは、二つ、三つ…六つふさになって七夕の短冊（たんざく）のように、葉の下で風にゆれていました。

つぼみ、咲く花、緑の豆さや、そして茶色に枯れた豆さやの種。それらのすべてが一時（いっとき）に、それぞれの時間を進めていました。

いつの間にか最後の花がちぢれ、葉は少しずつぬけ散り、かすみながら葉脈（ようみゃく）だけを空にしばらく残し、冬木になりました。

季節のくり返しを見つめながら、私は五年生になりました。

この年、ネムノキは、今まで見たことがないほどたくさんの花を咲かせました。重なり合った葉を、おおいかくす勢（いきお）いで、ピンク色の綿雪が積もるように。そして、いつもの年より長く、十月の終わりになっても、花を咲かせていました。枯れた豆さやをたくさん落としましたが、風に飛ばされてなくなります。私は、枝をはなれたばかりの豆さやの種を一つカバンに入れました。

風が冷たくなった学校帰り、坂の近くまで来た私は、その場に立ちつくしました。

(いつもとちがう、空が広い、空がからっぽ、ない!)

道のわきの土が掘り返され、あの大きなネムノキがなくなっているのです。

私は、坂の向こうで草取りをしている、おばさんの所に夢中でかけて行きました。

「ネムノキ、どうしたんでしょう!」

「あ~、この道を広げて、先の道路とつながるんだと。あの木は根っこから切られて、運ばれて行ったよ。その先を入った所だよ」

ずいぶん前から、林のあちこちで木の切り出しが始まっていました。丸太になったクヌギやナラ、イヌシデの木が積み上げられています。そのそばに、灰色に白い小さな点てんのある木肌のネムノキが、枝をはらわれ、同じ長さの丸太のすがたになって横たわっていました。丸い切り口に手を当てると、しっとり冷たくて、どうすることもできない悲しさと、怒りと、ごめんなさいで、

「あ~あ~、あ~あ!」

と、私は声を出しながら、丸太になったネムノキのそばに座りこんでしまいました。

坂道は広くなり、その横は原っぱのまま、空地(あきち)に変わりました。

私は六年生になり、六月になっても、ここに大きなネムノキがあったと、わかるものはなにもない。と、草むらに目をおとし、通り過ぎようとした時でした。三本、五本、草にまぎれこんだ、五センチほどのネムノキの若木を見つけたのです。

私は声を上げ、飛び上がるほどうれしくて。それからは、学校の行き帰りにネムノキのまわりの草を抜いて、日かげにならないように見守りました。

四十センチほどにのびた若木は、うす暗くなると、たたんだ小さな傘(かさ)が八本、立ちつくしているようでした。

明日から夏休みという終業式の帰り、草の生い茂っていた空地は一変していました。さっぱりと草は刈(か)り取られ、八本のネムノキは、跡形(あとかた)もなく消えていました。草の香りにつつまれて、私はぼんやり立ちつくしていました。

つぎの年、五本のネムノキが、去年と同じ場所で芽を出し若木になりました。

草刈りが始まる前にどこかに植えかえようと、二十センチほどに育ったネムノキの根元の土を掘りおこすと、かたいものに当りました。切られたまま取り残されていた親木の根で、五本の若木は、ここから立ち上がっていたのです。養分を親木からもらっていて、自分たちの根を持っていません。移植(いしょく)することができないのです。そのまま草にまぎれてせいいっぱいのびましたが、草刈り機で刈られてしまいました。

また、つぎの年、三本の若木が三十センチまで育ちましたが、私は、なにもできずに、ネムノキは草と一緒に刈り取られました。

中学三年になり、ネムノキが、今年も芽を出してくれるかと気になって、草の中をさがしました。親木の根は力つきてしまったかと心配でした。ところが、草と見まちがう幼い葉をつけた、たった一本のネムノキを見つけたのです。

(どうしよう、なんとかしなければ……そうだ!)

空地の草刈りが始まる前に、三十五センチにのびた、その一本のネムノキに、カードをむすびつけました。

ここに大きなネムノキがありました。根元から切られてなくなったのは四年前です。その後、残った根から、毎年六月になると、なん本か若木が生まれました。今年は、この一本だけになりました。見守ってあげたいです。

夏休みになって一週間後、坂道を通りかかると、さっぱりと草が刈り取られた空地に、カードをむすびつけたネムノキが一本、刈り残されていました。若木は、こまったように小さな葉を広げ、風が吹けば飛んで行きそうに見えました。その様子と、カードに気づいて目を止め、電動草刈り機を上手に動かし、小さなネムノキを残してくれた人がいたことに、私は胸が熱くなりました。その人がもし今いたら、手をにぎりしめるでしょう。

けれどまた試練がやってきました。大型車の前輪が空地に入りこみ、ネムノキを踏みたおしてしまったのです。草刈りでは救われたけれど、もっといたい目にあわせてしまいました。そして、その後すぐ、コンクリートの電柱が、その場所に立ったのです。

私は高校生になり、六月の梅雨の晴れ間、自転車で走りながら、ふと見上げた空に、生け垣で囲まれた屋敷の屋根のむこう、扇を広げたような枝葉の上に、うすピンクの花咲くネムノキを見たのです。門の方にまわると、竹ぼうきを持った、おばあさんがいました。

「ネムの花がきれいですね。私、大好きです」

「私も好きよ。ねむの木。裏庭だけど、どうぞお入りなさい。木のそばまで」

おばあさんについて行くと、大きなネムノキが空をおおうように枝葉を広げていました。

「だいぶ前は、雑木林のきわで、よく見かけた木だけどね。この木もずっと昔、実生（みしょう）、種から育ったようよ」

「種！」

私は思い出しました。あのネムノキの八粒の種が入った豆さやのことを。おばあさんに、その種と、ネムノキの若木の話をすると、にこっと笑って言いました。

「この庭に植えるといいわ。種からだと、開花までには、十年かかると聞いたけど」

「はいっ、ありがとうございます。よかった」

五年すぎた種が、芽を出すかわからない。でも安心できる場所の土にもどすことができるのです。何回も芽を出したネムノキの種だから、きっと芽を出すでしょう！

そうして、私のこころにも、いっしょに種を植えよう！

大好きなりんちゃん

岡嵜裕美　作
くっぴ　絵

【春】

星の子学園は、学校に行けなくなった子や、学校帰りに居場所がほしい子が集まってくる「フリースクール」です。五歳から十五歳の子どもたちが二十人くらいいて、それぞれが好きなときに集まって来ています。学校のような時間割はありません。みんな、自由に、自分の気持ちにそって活動しています。

十歳のりんちゃんが、はじめて星の子学園に来たのは、園庭にまっ赤なさくらんぼがなっている春でした。少しぽっちゃりとしたりんちゃんは、お母さんに選んでもらった白のドット柄がついている紺のチュニックを着て、おしゃれな黒の帽子をかぶっていました。黒く長い髪が、とてもきれいです。

りんちゃんには、自閉症がありました。自閉症は、人それぞれに症状が違いますが、言葉が遅れていたり、人との気持ちの交流が難しかったり、同じ行動をくりかえしたり、こだわりなどがあったりする障がいです。

「『こんにちは』は？」

お母さんに言われて、あたりをキョロキョロと見ていたりんちゃんが、言いました。

「こんちワァー!」

「りんちゃん、こんにちは。わたしの名前はみどりです。よろしくね」

と、りんちゃんと握手したのは、星の子学園のスタッフのみどりさんです。

小さな体育館のような屋内広場に入ったりんちゃんは、すみっこに座ると、そばにあった新聞紙を一枚手にとり、ビリビリとやぶりはじめました。

星の子学園のみんなは、変わった子が来たなあと興味しんしん。でも、どうつきあえばいいのかわからないので、みどりさんのうしろでりんちゃんのことをそっと見ています。

りんちゃんが新聞紙をビリビリとやぶいては、細くなった紙をひざの上に置きます。

みどりさんが大きな段ボール箱を持ってきて言いました。

「ちぎった紙は、箱に入れようね」

りんちゃんは、ちらっとみどりさんを見てから、ひざの上の紙を箱に入れました。新聞やぶりは、長い時間続きます。次の日も、その次の日も、りんちゃんが登園して最初にするのは、新聞紙をやぶることでした。

あるとき、ギターをひくのが好きな十二歳のトンボくんが、みどりさんのそばにすわって、聞きました。

「紙やぶりは、なんのためにやっているの？」

みどりさんは、う～ん、と考えて言いました。

「わからないけれど、でもやってみるとあんがい楽しいかも？」

「おれもやってみようかな……」

トンボくんは、りんちゃんのとなりに座って、ビリビリと紙をやぶります。

「なんか、はまっちゃいそうだよ」

すると、トンボくんに紙をとられちゃうと思ったのか、りんちゃんがハッキリとした大きな声で言いました。

「ダメ！」

「わあ、ごめんごめん、はいどうぞ」

トンボくんはりんちゃんに、にっこり笑いかけました。

暑い暑い夏がやってきました。りんちゃんは麦わら帽子をかぶっています。

りんちゃんは、水遊びが大好きでした。でも、星の子学園にある十六メートルのプール
には入りません。

プールサイドに水の入ったたらいを置いて、その中に服のまま入って座りました。

「みどりさ〜ん！　りんちゃん、服のまま入っちゃったよ。いいの？」

ドラムとダンスが得意な十一歳のちさちゃんが、心配そうに聞きます。

「大丈夫！　着替えを持ってきてもらっているからね」

ちさちゃんはひと安心。みどりさんは、

「りんちゃん、明日は水着になろうね」

と言いました。

りんちゃんは自分で頭におけで水をかけると、したたる水をあきずにながめています。

「アタマ！」

下を向いたまま、りんちゃんがうったえかけるように言いました。

「あたま？　なんだろう。りんちゃん、すごく楽しそうに水てきを見ているけれど……」

少し考えたみどりさんは、りんちゃんの頭におけで水をかけてみました。

水は、りんちゃんの顔の前までかかった長い髪の毛から、ジョロジョロジョロ～と流れ落ちます。そのうちに、ぽたり、ぽたりとたれる水のしずくを、りんちゃんは、まばたきもしないで見ていました。そして、キャッキャッと笑いました。それからまた、

「アタマ！」

と言いました。みどりさんはふふっと笑うと、

「もう一度ってことね」

と、りんちゃんの長い髪の毛に、おけでプールの水をかけてあげました。


今日は雨が降っています。りんちゃんは、ちさちゃんが登園してくるのを、待っていたようでした。ちさちゃんの手を引いて、ドラムのあるところに連れて行き、

「たいこトントコトン」

と言います。

「は～い、わたしのドラムに合わせて、トランポリンがしたいのね」

ちさちゃんがスティックをかまえると、りんちゃんは、素早（すばや）くトランポリンに上がります。ズッツダン、ズッツダン♪　と、リズムよくドラムがなりだすと、りんちゃんはそれ

に合わせて、

「ぴょんぴょんぴょーん！」

と言いながらとんでいます。

ちさちゃんにも、りんちゃんの楽しくてうれしい気持ちが伝わってきました。

みんながトランポリンのまわりに集まってきました。お料理好きで将来(しょうらい)の夢(ゆめ)はコックさんという十五歳のゲンタくんは、思わずトランポリンにとび乗って、りんちゃんと両手をつないでピョ〜ン、ピョ〜ンととびます。りんちゃんがキャッキャと笑います。りんちゃんが笑うと、みんなもうれしくなってきます。ちさちゃんのドラムが、いつまでも心地(ここち)よくリズミカルにひびいていました。

【秋】

秋になり、園庭の柿の実がオレンジに色づきはじめました。

りんちゃんは、いつのころからか、男性スタッフや年令(ねんれい)の大きい男の子の学園生に、お姫さまだっこや、おんぶをせがむようになっていました。りんちゃんが、そばに来て両手

をあげ、だっこしてほしいというそぶりを見せると、

「いいよー」

と応(こた)えてあげます。

「でも、りんちゃん、ちょっと重たいんだよなあ。もうこれ以上大きくならないでね」

と言いながら、抱き上げてグルグルふりまわしたり、ジャンプしたりしてあげるのです。

りんちゃんはキャーキャーと嬉しそうです。とくに、ダイナミックに動いてくれる、スタッフのピッポくんにせがむことが多いのでした。


今日は、「星の子フェスティバル」です。年に一回、二日間にわたって行われる星の子学園のお祭りです。

舞台の上では、赤・青・黄の照明(しょうめい)がくるくると回っています。はげしいリズムの明るい音楽に合わせて、六人が、アイドルのダンスをまねておどっています。その中には、ちさちゃんも、女装(じょそう)したピッポくんもいました。

とつぜん、フロアからりんちゃんが舞台にかけあがりました。おどっているピッポくんの背中につかまり、「おんぶして」のそぶりです。ちょっとの間、りんちゃんの手をとっ

ておどっていたピッポくんは、意を決してりんちゃんをおんぶしました。

りんちゃんは、ピッポくんの首に両手を回(まわ)してしがみつきます。ピッポくんはりんちゃんにつかまれたまま、自分の両手をはなしておどります。

りんちゃんも足をふって音楽に合わせました。六人プラス一人のダンスに、会場は大もりあがりで拍手しました。ピッポくんの顔は真っ赤になって、おでこの汗がキラキラとびちっていました。

二日目の午後は、星の子フェスティバルの大トリ「星の子小さな劇団」の演劇です。脚本(きゃくほん)も出演もすべて学園生が手がける五十分におよぶ大作「さよならリグレット」です。主役のトンボくんをはじめ、この日の本番のためにみんなで毎日けいこしてきました。

お話も後半に進み、いよいよクライマックスというときでした。それまで客席にいたりんちゃんが、あっというまに舞台に駆(か)け上がりピョンピョンと、おどりはじめました。

スタッフは息をのみましたが、どうすることもできません。りんちゃんはニコニコしながらおどっています。

でも、劇はとぎれることもなく進み、お客さんの目も劇にすいよせられています。誰もりんちゃんにもんくを言う人はいません。優(やさ)しい空気が満ちています。しばらくしてりんちゃんは舞台をおりました。

劇は一人ひとりの力が光って、練習のときよりずっと迫力があるすばらしい作品となりました。会場は総立ちとなり割れんばかりの拍手が続き、カーテンコールをくり返してお開きになりました。

【冬】

今日は、冬のお泊まり会です。「年越しハッピーニューイヤー宿泊」といって、みんなで大画面でのカラオケを楽しみ、次の日にはお餅つきもするお正月先どりの宿泊です。巨大すごろくなどのお正月遊びも楽しみます。

参加している子どもたちが自由に遊んでいて、何人かいるスタッフはお餅つきの準備に大忙しでした。りんちゃんがいなくなったのは、そのときでした。

「あれ？　りんちゃんは？」

みどりさんが最初に気がつきました。

「さっきはそこで紙をさいていたけど……いない！」

「おしいれの中は？」

「いない！」

「お庭には？」

「……いない！」

みどりさんは急いでうわぎを着て、りんちゃんのコートを持って、外に飛び出しました。いつもりんちゃんとのんびり行くお散歩コースを、今日は全力で走ります。

（どうしよう、どうしよう。りんちゃんが無事でありますように！）

みどりさんは祈りながら、先を急ぎます。他のスタッフも自転車に乗って、りんちゃんが行きそうなところをたどります。

みどりさんは、いつもりんちゃんがブランコに乗る公園、りんちゃんが草をむしるところ、りんちゃんが歩く、水の流れていない用水路を見ました。いません。

近くに保育園があり、庭で作業している男の人がいました。みどりさんは息を切らして、聞きました。

「すみません、髪の長いちょっとぽっちゃりした女の子を見かけませんでしたか？」

「ああ、その子ならあっちに歩いていったよ」

みどりさんは、飛び上がりそうな気持ちで先をいそぎました。

あっ！　りんちゃんです！

いつものように、道路脇（どうろわき）のU字溝（じこう）の両ふちに足をのせて、ゆらゆらと歩いていました。

「りんちゃん！」

みどりさんが声をかけると、りんちゃんがふりかえりました。でもまた、ゆらゆらと楽しそうに歩き出します。

そばにかけよったみどりさんは、りんちゃんの肩をつかんで、ゆすぶりながら大きな声で言いました。

「お散歩は、ひとりで行ってはいけません！　一緒に行くんだよ……」

「ゴメンナチャイ」

りんちゃんは、一生懸命（いっしょうけんめい）怒っているみどりさんのことをじっと見ていました。みどりさんは、りんちゃんに気持ちが通じたような気がして、胸が熱くなりました。

見つかってホッとしたのと、りんちゃんをひとりにした申し訳なさで、みどりさんは、ぽろぽろと涙を流しました。

（寒かったね、ごめんね、りんちゃん）

みどりさんは、りんちゃんにコートを着せると、急いで星の子学園に電話をかけます。

「いました！　無事です。連れて帰ります」

みんなは大喜び。大好きなりんちゃんが無事で、ホッとしました。

＊＊＊

りんちゃんがいると、みんな嬉しい気持ちになります。りんちゃんも星の子学園にくるのを楽しみにしています。りんちゃんは星の子学園のアイドルです。もう、星の子学園にりんちゃんがいないなんて考えられません。今日もりんちゃんは、元気に登園します。

青いぶどう

白木恵委子 作
みわまどか 絵

菜緒ちゃん

お元気ですか。今日は少し長い手紙を書きますね。

今、私は信州へ来ています。

上田市の郊外にある無言館は、濃い緑の木立の中の道を上っていった、丘の上に建っています。眼下には下田平が広がっています。

コンクリート造りの、灰色に近い無言館には、絵を描きたいという、たくさんの夢を持って勉強をしていた、若い画学生たちの絵が展示されています。これらの絵は、志を果たすことができないまま、戦場で散っていった画学生たちが、家族に遺していったものです。

館内は、人がいないのかと思われるほど、ひっそりとしていました。小さな四つの天窓からは、真夏の強いひざしがここだけ、柔らかく、優しくそっとさしこんでいます。見ている人の息づかいが聞こえてくるような、清らかな静けさと凛とした空気がありました。

白地にあやめの紺の大きな図柄の浴衣、ピンクの三尺帯を結んで、里芋の葉の傍らに、膝をおろしている清楚な娘の絵があります。可愛がっていた十八歳の妹です。作者の年令、享年二十二歳と記してありました。

うしろにひっつめた髪、膝の上に布を広げて一心に縫い物をしているお母さん。何を縫っているのでしょう。お母さんを描いた絵が何点かありました。優しさに溢れたお母さん。その絵のどれからも、愛する息子を想う、お母さんの温もりが漂ってきました。

数時間で、いいえ、あと二十分、十分と迫ってくる、家族との別れの時間を惜しんで描いたのかも知れません。絵を愛した学生さん達は、短い人生であったけれど、家族の一人として、幸せに生きてきたという、命の証を残しているように、私には思えました。

七十年の歳月に、画紙が擦れてしまっている絵もありましたが、絵の具の色をはっきりと残している絵も多くありました。

「私は、この世に生きて、描きました」

戦争によって、未来を無残に断ち切られてしまった、無念の声が聴こえてくるように、私は思いました。

胸の中に熱くこみあげてくるものを抑えながら、ある一枚の絵の前まで来た時、思わず釘づけになりました。二十歳前の特攻隊の飛行士を描いた絵です。カーキ色の航空服は、ところどころ剥げ落ちてしまっていました。大空を、片道の燃料だけ積んで、敵の船に突撃していく直前の、特攻隊員の凛々しい少年兵の姿を描いたものです。この絵の前に立った時、この絵の人にどこかで会ったことのあるような、不思議な気持ちになりました。

その人は、優しい目をして私を見つめています。今にも話しかけてきそうです。

その絵の前から、私の足は動かなくなってしまいました。

「自分にも妹がいます」

七十年前の言葉が、とつぜん思い出され、私に戦争中の記憶を蘇らせてくれました。


昭和二十年のことです。

今年、中学生になった菜緒ちゃんより、私は年下で、国民学校四年生になったばかりでした。

その頃、日本はアメリカ、イギリスと戦争をしていたのは、教科書で勉強しているから知っているでしょう。戦地では、激しい戦いをしていたし、十九年夏には、田舎に親類のある人はそこを頼っての縁故疎開や、国民学校三年生から六年生までの学童疎開もはじまりました。秋ごろからは、東京も空襲が頻繁になってきました。

私とお母さんは、東京から二時間ほどの、埼玉の伯母さんを頼って、縁故疎開をしてきました。大きな納屋を改造してくれた陽あたりの良い住まいです。三日前に越してきて、やっと荷物の片づけも終わりました。お母さんは、ほっと一息ついたところでした。納屋の前は広い畑が続いていました。井戸とその隣には、ぶどう棚がありぶどうの木が何本かあります。納屋の西側は駅に続く、土ぼこりの立つ道でした。

　ぶどうの青い葉が風にゆれています。小さなぶどうの実は、太陽のひざしに、まるで翡翠のように光っています。夏が過ぎて、涼しくなったら、ぶどうは赤紫色の甘い粒になるでしょう。ぶどうを見ていたら、戦争に行っているお父さんがとても懐かしくなりました。お父さんは何を食べているのかなあ、と、私は思いました。

「ね、お母さん、お父さんぶどう好きだったよね。お父さんに食べさせてあげたいね。お父さんに会いたいなあ」

「戦争に勝ったら、みんな一緒に暮らせるから。それまでがまんしなくてはね。お父さんも戦地でお国のために戦っているのよ」

　お母さんは、私の頭を何回もなでて言いました。

「こんな田舎だったら、空襲もないでしょう」

　久しぶりにお母さんも、のんびりとした気分の午後でした。

「こんにちは」

ゆったりとした辺りの空気を破るかのように、見知らぬ人が、道路沿いの垣根ごしに、顔をのぞかせました。カーキ色の兵隊服に帽子をかぶった兵隊さんでした。その人は、帽子をとると、私たちに挨拶をしました。

「突然で失礼いたしました。自分は、小川武といいます。知り合いがこの近くにいて、訪ねた帰りです。女の子の声が聞こえてきましたので、つい立ち止まりました。自分の故郷にも妹がいます。とても懐かしくなりました」

兵隊さんは、白い歯を見せて、私に向かってにっこり笑いました。

「まあ、それはそれは、どうぞお入りくださいな。私たちも三日前に東京から疎開してきたばかりなんですよ。兵隊さんの故郷はどちらなのですか」

最初びっくりしたお母さんも、兵隊さんの笑顔と、自己紹介に安心したのでしょう。庭に入るようにすすめました。

「はい、私の故郷は神戸です。今、茨城の部隊にいますが、明日任地へ立つことになりました。急なことで時間がないので、神戸まで帰ることができません。知り合いに挨拶をして駅へ戻る途中です。なんだか人が恋しくて失礼と知りながら、声をかけてしまいました」

兵隊さんの言葉を聞くと、お母さんは、あわてて井戸のポンプを押して、冷たい水を汲んできました。茶だんすの下の小さな砂糖つぼから、コップの中へ砂糖を二杯スプーンで入れました。

「こんな物しかなくて、どうぞ飲んでくださいね」

コップをさし出したお母さんに、兵隊さんは深くおじぎをしました。

「ありがとうございます。それでは、遠慮なくいただきます」

兵隊さんは、子供のように、首をのばしてごくごくとコップの水を飲み干しました。

「ああ、なんておいしい水だろう。ごちそうさまでした」

嬉しそうな表情で、お母さんにコップを返すとお礼をいいました。

「おじょうさんは、何年生ですか?」

「四年生です」

私は少し緊張して答えました。

「そうですか。十歳ですね。私の妹は六年生になります。私は東京で、絵の勉強をしていました。小さい時から絵を描くのが大好きでした。親は、私のわがままを聞いてくれて、苦しい生活の中から美術学校へ入れてくれました。卒業したら神戸の中学校か女学校で、絵を教えたいと思っていました」

兵隊さんは、故郷を思い出したように、遠く西の空に目をやりました。

「私は召集令状を受け取ってから、出征当日の家を出る寸前まで、絵を描かずにはいられませんでした。家の外では、町内の人たちが、日の丸の旗を持って待っていました。両親はそういう私を黙って見守り、描き終わるまで待っていてくれました。そんな事を思い出しながらこの田舎道を歩いていました。この庭に入ったら、なんだか家がとても懐かしく思われました。貧しいながらも、私は温かい家族の中で育ちました。でも……私は、戦地へ赴くことになり、親孝行はできませんでした」

兵隊さんの言葉がとぎれました。兵隊さんの表情に一瞬、寂しそうな影がよぎりました。

「ありがとうございました。もう失礼しなければなりません。おいしかったお水のお礼におじょうさんを描かせていただけませんか」

「私、紙持ってくる！」

兵隊さんの言葉を聞くなり、お母さんの返事を待たないで、私は東京から大事に持ってきた画用紙、クレヨンを奥の座敷の机の引き出しにとりに行きました。あとから、お母さんがそっと入ってきました。お母さんは割烹着の裾で目を押さえていました。

「ぶどうの葉も、小さな実も、きれいだなあ」

画用紙を手にした兵隊さんは、青いぶどうを心に納めるかのように、しばらく目を止めていました。やがて兵隊さんは、ぶどう棚の下に立った私を十分ほどで描きあげました。兵隊さんは、私の名前を聞くと画用紙の左上に京子ちゃんと青いぶどうと書きました。右下に小さくT．Ｏｇａｗａと書きました。

「自分は明日、十一時頃にこの上空を飛びます。時間がありましたら、音だけでも聞いてください。京子ちゃん、お兄さんたちの分までしっかり勉強してくださいね」

私は、大きくうなずきました。

「無事をお祈りしていますよ。必ず帰っていらっしゃい」

兵隊さんの顔をみつめて、お母さんはいいました。まるで、兵隊さんのお母さんのようでした。

「私のこと、また描いてね」

「はいっ。帰ってきたら必ずうかがいます。そして、京子ちゃんの絵を完成させます」

兵隊さんは、私とお母さんに約束しました。

兵隊さんは両足を揃えて敬礼をすると、庭から出ていきました。ギュッギュッと靴音を鳴らして歩いていく兵隊さんは、私たちを一度も振り返りませんでした。

翌日、私とお母さんは、十時半頃から白い手ぬぐいを持って、縁側に腰をかけていました。

かすかに爆音が聞こえてきました。

「あっ、飛行機！」

私とお母さんは、同時に声をあげると、はじかれたように立ちあがりました。上空からよく見えるように、庭の中ほどに立ちました。

雲一つない青い空。飛行機が東の方に見えてきました。私の家の真上にきました。飛行機は、プロペラの音を響かせながら旋回し始めました。

「またきてねー」

私は力いっぱい声を張りあげました。

飛行機に向かって、お母さんと私は手ぬぐいを振り続けました。

飛行機は再び旋回しました。

「兵隊さーん、またきて絵を描いてねー」

兵隊さんに届くようにと叫びました。

飛行機の翼がうなずくように、上下に動きました

「聞こえた！　兵隊さんに聞こえた！」

やがて、飛行機は爆音を残して、南の空に消えていきました。小さくなっていく飛行機を追っているお母さんの目からは、涙が溢（あふ）れて頬（ほお）に伝っていました。

降（ふ）るような蝉（せみ）しぐれの八月、戦争は終りました。洋服を着たまま寝ることもなくなりました。爆撃（ばくげき）されるからと、明るい光を遮（さえぎ）るために、黒い布をかぶせていた電灯も布をはずしました。

戦争が終った夜空には、星がたくさんまたたいていました。

「お母さん、お星様きれいね。お父さん見ているかなあ」

「ほんとうに美しい夜空ね。お父さんどこにいるのでしょう。あの兵隊さんも……」

戦死の公報（こうほう）がこないので、私もお母さんも、お父さんは生きていると信じていました。

ぶどうの房は、ずっしり重く赤紫色に染まっていきました。

翌年、黄緑色（きみどりいろ）の若葉が出る頃、よれよれの兵隊服を着たお父さんが、やせた身体（からだ）で帰っ

てきました。でも、小川武さんは、私とお母さんの前に再び現われることはありませんでした。あのスケッチは、可愛い妹さんのことも思い出しながら描いてくれたのでしょう。
菜緒ちゃん、私には七十年前の戦争が遠い昔のことに思えないのですよ。今度、おばあちゃんの家で、小川武さんが描いてくれた「京子ちゃんと青いぶどう」見せてあげましょう。

緑に囲まれた信州の旅館にて

京子おばあちゃんより

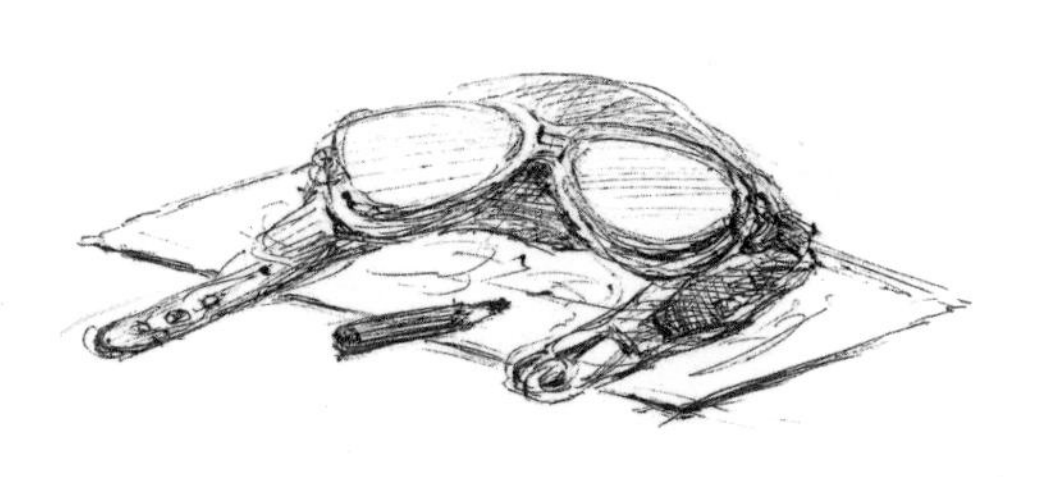

あとがき

ふと、ほほをなでて過ぎ去る風に、

「いいなあ。風のように自由に、遠いところへいってみたいなあ」

なんて、思ったりすること、ありませんか?

もし、風のしっぽにつかまって、どこまでも飛んでゆけたなら……。

見たことのない風景や、ふしぎなできごと、自分とはぜんぜんちがう暮らしをする人びと、それから、自分とそっくりな気もちをもった子どもに、出会えるかもしれません。

ここに収めた十三のものがたりは、わたしたち「かざぐるま」のメンバーが、それぞれに、想像力と創造力をつかって風のしっぽをつかまえ、自分の好きな世界へと飛んでゆき、見つけてきたものです。風といっしょに出かけた、ぼうけんの旅のおみやげです。

出版にあたって、銀の鈴社の柴崎俊子様、西野真由美様に、たいへんお世話になりました。厚く御礼申し上げます。

二〇一五年十月

かざぐるまの会一同

創作童話　かざぐるまの会

千葉県流山市の創作童話グループ。1980年、児童文学作家、故·おのちゅうこう氏の指導のもと、流山市主催の「童話講座」として始まり、2年後、自主講座「かざぐるまの会」を発足。以後33年にわたり同人誌を発行し、タウン誌等でも活動を続けている。会員個人による著作も多数。

日本児童文芸家協会所属サークル。会員13名。　（2015年10月現在）

NDC913
かざぐるま　編・著
神奈川　銀の鈴社　2015
156P　21cm（**風のしっぽ**　**13のものがたり**）

定価＝一、五〇〇円＋税

鈴の音童話
風のしっぽ　13のものがたり

二〇一五年一二月二五日　初版

著　者――かざぐるま©
発　行――㈱銀の鈴社　http://www.ginsuzu.com
発行人――柴崎　聡・西野真由美
〒248―0005　神奈川県鎌倉市雪ノ下三―八―三三
電　話0467(61)1930
FAX0467(61)1931

〈落丁・乱丁本はおとりかえいたします〉

ISBN978-4-87786-627-3　C8093

印刷・電算印刷　製本・渋谷文泉閣